# DES OMBRES SUR LES PIERRES

DU MÊME AUTEUR

**Autres éditeurs**
*Une clé pour deux*, Éditions Roc du Ker, 2016
*L'Écho du silence*, Éditions Roc du Ker, 2017
*Une brèche dans le mur*, Le Pas d'oiseau, 2018

Claire Michaud-Destriau

# DES OMBRES SUR LES PIERRES

*Roman*

TERRES D'ÉCRITURE

de Borée

45, rue du Clos-Four – 63056 Clermont-Ferrand Cedex 2

*« La déception ne vient jamais des autres,*
*elle n'est que le reflet de nos erreurs de jugement. »*
Anonyme

*« We all eat lies when our hearts are hungry. »*
Anonyme

*À mes parents.*

## *Préface*

Je n'ai jamais été fan des vide-greniers. Pourtant, ce dimanche-là, je me suis rendue à l'un d'eux. Une amie y tenait un stand au profit d'une œuvre caritative. Par amitié, et pour la soutenir dans son geste, je restai donc une partie de l'après-midi, à papoter avec elle, à retenir des badauds pour qu'ils s'intéressent aux objets déployés sous un soleil prudent de février.

Juste en face de nous, de l'autre côté de l'allée, un jeune proposait lui aussi tout un tas de vieilleries et bibelots douteux. Je ne sais ce qui m'intriguait profondément chez cet homme tout juste sorti de l'adolescence. Était-ce son apparence à la Gavroche, avec son jean trop grand recouvrant ses godillots, son foulard noué sur le col d'une chemise crème et son béret coinçant des cheveux rebelles ? Ou son regard mélancolique et le sourire triste qu'il affichait quand il se séparait d'un objet ? Laissant mon amie négocier avec une troupe d'acheteurs potentiels, je me dirigeai vers ce brocanteur singulier. Je le gratifiai d'un bonjour engageant. Il m'observa l'air perplexe : que venait donc faire cette concurrente obscure, à rôder devant ses affaires, la mine mielleuse et les incisives affûtées ? Lentement, je passai... Le jeune se tenait à une distance raisonnable, comme si ma présence constituait une menace au milieu de ses trésors.

Une boîte en fer, dont le couvercle était retiré pour en laisser voir le contenu, éveilla ma curiosité. C'était, à n'en pas douter, l'une de ces vieilles boîtes en métal dont la fonction première est de contenir un assortiment de biscuits. D'aspect sommaire, sans dessin ni gravure comme on les faisait avant l'âge d'or du marketing, ce modèle ancien criblé de rouille inspirait plus la pitié que la gourmandise. En m'approchant, je m'attendais à y trouver des ficelles, des bouts de dentelle, toute une collection de boutons en ivoire, voire des photos ou cartes anciennes. Car dans cet espace à peine vidé de son contenu, embaumant encore un parfum sucré, on y entrepose tout ce qu'il nous semble bon d'y ranger, par souci de conservation, d'ordre. Pour se souvenir. Ou parce que cela peut servir un jour et qu'il nous semble inconcevable de jeter ces menues babioles. Toutefois, la boîte exposée offrait un tout autre chargement : des cassettes magnétiques se serraient les unes contre les autres. Je demandai la permission d'en extraire quelques-unes. Le jeune acquiesça en silence et s'approcha alors, avec prudence, comme pour s'assurer que je manipulais les boîtiers avec respect. Je m'étonnai : sur chacun d'eux, pas un seul nom de chanteur ni la moindre mention d'un événement enregistré. Non. De simples numéros.

— Que contiennent ces cassettes ?

— Je ne sais pas.

— Vous n'avez pas cherché à les écouter ?

— Non, avoua le vendeur d'une voix franchement juvénile. Je n'ai pas l'appareil pour les lire.

Malgré la fraîcheur de cette journée, les joues du jeune brocanteur s'empourprèrent, comme lorsque je prends en faute l'un de mes élèves. J'offris un sourire au timide garçon, pour le rassurer. Je crois qu'il l'interpréta comme de la moquerie. Il avait de longs cils bruns, c'était fascinant. En revanche, sur ses mâchoires délicates, pas l'ombre d'un poil de barbe. Seul un duvet soyeux festonnait sa lèvre supérieure et soulignait son joli menton. Gênée à mon tour de le contempler ainsi, je mesurais à quel point il était à des années-lumière de s'intéresser à quelque chose d'aussi rudimentaire et démodé qu'une cassette audio. Après tout, même les grands classiques qui autrefois grésillaient sur des vinyles sont aujourd'hui numérisés et s'écoutent sur un simple téléphone. Je tentai de me rattraper, rassurant le pauvre Gavroche :

— Moi non plus. Je me suis séparée de mon lecteur il y a vingt ans déjà. Un cadeau de mes parents pour fêter mon entrée au collège. Eh bien, je l'ai jeté à la déchetterie sans état d'âme. La vilaine bête avait déchiqueté la bande magnétique de la cassette que j'écoutais. Et sur les deux faces : c'était un autoreverse, ah, ah !...

Je n'ai aucun humour. Et ma tirade ne fit pas exception.

Le jeune leva vers moi un regard embué qui finit de me faire comprendre que je n'étais qu'un monstre.

— Je vous achète la boîte. Il y a... un je-ne-sais-quoi qui... m'émeut chez elle.

*N'importe quoi !*

Ce fut la première étape de cette étrange aventure. L'acquisition d'un article inutile dans le but unique de me racheter.

Et encore, pas sûr que cela ait fonctionné.

Cette boîte, je l'ai remisée dans un placard. J'avais ce sentiment collant qu'il vous est peut-être arrivé d'éprouver : un remords mêlé de honte. Bref, je ne suis pas parvenue à m'en débarrasser.

Un jour de grand nettoyage de printemps, quelques années après, je retombai sur cette boîte en fer. Comme pour vérifier que tout était bien réel, j'en retirai le couvercle pour observer les cassettes alignées, chacune arborant son numéro. Je rejouai alors toute la scène de leur achat. J'en rembobinai le fil pour trouver une raison valable à la présence de ces vieilleries vaines et encombrantes chez moi. Une phrase résonna dans ma mémoire : *Il y a un je-ne-sais-quoi qui m'émeut chez elle.*

Il ne me fallut pas longtemps pour dégotter un lecteur de cassettes en état de marche : on trouve de tout aujourd'hui sur Internet. Je n'étais pas particulièrement curieuse de connaître la teneur des enregistrements. Mais je m'étais persuadée que, si je parvenais à déterminer une bonne fois pour toutes qu'elle ne valait pas la peine d'être conservée, je pourrais alors me défaire de cette boîte acquise en pénitence.

Et là, quelle ne fut pas ma surprise ! Jamais je n'aurais imaginé que ces bandes magnétiques révéleraient une ressource aussi singulière.

Sur les enregistrements, la voix fluette d'une jeune femme monologuait. Dès le tremblement des premiers mots, ce timbre m'envoûta et m'étreignit avec force. À la fois douce et déterminée, cette voix relatait les événements avec un abandon bouleversant. Parfois, je devinais des sanglots réprimés ou une colère intériorisée. À d'autres moments, les paroles exaltées composaient une mélodie pleine d'entrain et de vie. Intriguée, je me surpris à tendre l'oreille, à vouloir saisir les bruits de fond entre chaque respiration, à donner de l'épaisseur aux confidences. Je tenais dans cette boîte un témoignage poignant que je ne pouvais garder secret plus longtemps.

Je venais de faire éditer mon dernier manuscrit, une pure fiction. Je me dis que je pouvais alors cette fois mettre ma plume au service d'un récit authentique.

Jour après jour, pendant plusieurs mois, je me suis imprégnée des pistes magnétiques pour en dégager une trame. J'ai imaginé comment la jeune femme aurait aimé écrire cet épisode de son existence. Et un beau jour, devant mon ordinateur, tout semblait limpide : je me suis mise à rédiger comme je le faisais des fictions passées, avec la même ferveur, la même obsession. À en perdre le sommeil.

Ainsi, bien que l'intrigue ne soit pas de moi, je conserve mon style et la mise en forme, d'autant que les paroles enregistrées comportent un fort degré d'oralité, dans un registre souvent familier. De temps à autre, j'ai choisi de glisser des extraits, et ainsi permettre à la véritable auteure de reprendre la main sur la narration. Malgré les ajustements nécessaires au passage à l'écrit, la correction de quelques maladresses ou inexactitudes, le fond demeure vrai et sincère. En poursuivant la lecture, vous comprendrez pourquoi ce destin unique m'a captivée et me trouble encore.

*Début de la cassette 1, face A*

*Hem, bon, ben, voilà. Je m'y mets. C'est... c'est bizarre de parler à une machine. Mais... enfin... je me suis souvenue d'une phrase de ma... ma psy... qui m'avait avertie. Elle m'avait dit que... que j'aurais probablement besoin de revenir la voir, ou du moins de parler à quelqu'un. À nouveau. Qu'il fallait laisser passer un peu de temps. Le temps de la maturation, elle disait. Et qu'ensuite tout me reviendrait en pleine gueule. Alors, je crois qu'on y est. Mais j'ai ma fierté : je retournerai pas chez cette folle. Non, non ! Elle m'a fait... je sais pas... remuer trop de trucs. Je peux m'en sortir toute seule. Et c'est là que j'ai pensé aux cassettes. Ouais. Les cassettes. Pas révolutionnaire, comme idée, mais un bon moyen de continuer à me vider la tête. À déverser ma... mon... Bref. Et puis un jour, qui sait, quand je serai vachement plus vieille, genre au moins quarante ans, je m'écouterai et j'écrirai un bouquin avec mes souvenirs. Ce serait la dernière étape de ma thérapie. Et là, bim, dans les dents de ma psy !*

*Ou alors, je donnerai les cassettes à quelqu'un qui sait écrire, avec de jolies phrases. Parce que j'ai beau aimer les livres, je sais que pour moi, inventer de jolies phrases... bof, quoi. Oui, je ferai plutôt ça. Sinon, personne ne voudra me lire.*

*Par contre, je sais pas par où commencer.*

*Si, bien sûr, je sais. C'est trop bien gravé, là... Ah merde, on peut pas me voir. Faut que je m'habitue.*

*Allez, je me lance...*

* *
*

*Adaptation de la cassette 1*

Même aujourd'hui, mon échine frémit quand j'évoque ce jour de printemps. Je me rappelle le moindre détail et l'horreur me saisit alors dans son poing glaçant.

Ce jour-là, j'étais à l'aube de mes onze ans. Et comme tous les week-ends, notre petite famille quittait la monotonie toulousaine pour s'évader en Ariège, où nous attendait notre résidence secondaire, perchée sur les hauteurs de la vallée de Bethmale. Dans mon cœur de fillette, l'excitation était à son comble à l'idée de regagner ce petit hameau séculaire où le temps s'est arrêté, où les tracas citadins ne se risquent pas, où le bonheur se conjugue au présent.

Sur le parking de l'immeuble, la voiture de mon père s'habillait pour le départ et dégageait cette odeur fétide de vomi qui me soulevait l'estomac. Il faut dire que les lacets qui précédaient notre arrivée au village finissaient par avoir raison de mon petit déjeuner pris à la hâte. Je crois que pas un trajet n'échappa à mon baptême de vomissure sur la moquette à l'odeur rance et le tissu rêche du plaid déployé sur la banquette en skaï. À l'époque, les ceintures de sécurité n'existaient pas, ni à l'arrière ni à l'avant. Malgré la nouvelle législation qui rendait leur port obligatoire hors agglomération, la Fiat de mon père, un modèle ancien, ne présentait pas d'ancrage. Et vu qu'aucun contrôle routier ne s'était soldé par une amende dissuasive, nous ne voyions pas l'utilité de cette lanière raide et encombrante. Ainsi, je voyageais libre de toute entrave. Et il ne m'était pas rare de m'endormir, la tête posée sur les genoux de ma sœur aînée, m'évitant ainsi d'avoir le mal de mer.

Il faisait beau et tiède ce matin de mai. Une météo paisible après un hiver qui n'en finissait pas d'être maussade. Dans le bleu pâle du ciel paressaient des cumulus indolents. Les peupliers du quartier s'étaient parés de vert tendre. Leurs silhouettes semblaient toiser les prunus décoratifs qui, au printemps, se couvraient de fleurs pastel. Lorsque le vent d'autan soufflait, les pétales s'envolaient et constellaient les trottoirs de confettis légers.

Sur le trajet qui empruntait la RN117[1], une dispute éclata dans l'habitacle. Depuis quelque temps, je fredonnais en regardant défiler le paysage. Cette stratégie me permettait de détourner le centre obscur de mon corps de l'envie de rendre. Je crois même me souvenir de me boucher les oreilles, comme il m'arrivait souvent de le faire. Ainsi, j'avais la sensation étrange d'être à l'intérieur de moi, isolée de tout bruit parasite, et ma voix prenait une sonorité singulière qui ne manquait jamais de me surprendre. C'est la raison pour laquelle l'origine du différend qui animait mes parents demeurait anecdotique. Je devinais qu'il concernait aussi ma sœur, qui s'invitait dans le débat houleux. Le ton monta et couvrit le bruit du moteur de la vieille automobile. Avec vivacité, ma mère tournait de temps à autre la tête vers ma sœur qui se rencognait sur la banquette, l'air contrarié. Claquant dans l'espace devenu soudain étroit, les voix s'alpaguaient, s'entrechoquaient et s'invectivaient. Dans ce crescendo vocal, les mines se contractaient et s'enlaidissaient, au point que je ne reconnaissais plus les traits familiers de mes chers parents.

1. Devenue A64.

La dernière image que je conserve, c'est celle, irréelle, du visage de mon père déformé par la colère, au moment où celui de ma mère disparaissait pour se tourner vers la route.

Le visage de mon père se découpant dans l'espace entre les sièges avant, masquant ses mains crispées sur le volant.

Pas étonnant que la tragédie s'accomplît.

La suite ne fut qu'une succession de hurlements : cris humains, crissement de pneus, tôle malmenée. Puis le silence soudain, épais, terrifiant.

Le face-à-face était inéluctable. La voiture arrivant en sens inverse ne put nous éviter. Et le choc brutal fit voler en éclats nos vitres, froissa les capots, éventra nos valises, éparpilla nos affaires.

Fit ricocher les véhicules sur les platanes bordant la route, envoya l'un dans le fossé longeant le champ.

Broya les jambes du chauffeur surpris par notre trajectoire, éjecta son chien de chasse sur le bitume à travers le pare-brise.

Le silence, disais-je. Peu à peu, je discernai une espèce de chuchotement de vapeur, puis des voix indistinctes dans le lointain. Par les vitres béantes, je perçus une odeur d'essence mêlée à celle de cambouis brûlé. Hébétée, les tympans sifflant dans le bocal de ma tête lourde, mes yeux grands ouverts commencèrent à analyser péniblement l'état des lieux.

La figure d'une femme se penchait au-dessus de moi, le regard effaré et les mains portées en coupe autour de ses joues. À son côté, un homme dont le sommet du crâne disparaissait sous un béret élimé fit aussitôt demi-tour en lâchant :

— J'appelle les secours !

Je crois avoir murmuré quelque chose du genre : « Je suis contente qu'ils aient arrêté de se disputer », et ce constat anodin et égoïste aiguise encore ma honte.

Je me souviens aussi du transport sur le brancard, mes yeux plantés dans le ciel au-dessus de ma tête, le regard accroché aux nuages pour leur dire : « Si vous allez à *Peyreloungo*, attendez-moi ! »

*Attendez-moi...*

Difficile de démêler les jours qui suivirent.

Je me souviens d'un court séjour à l'hôpital Purpan, d'imaginer que derrière les fenêtres en face de la mienne, séparées par un carré de macadam, se trouvaient les chambres de mes parents et ma sœur.

Je me souviens des plateaux-repas insipides qui réveillaient la nostalgie des mets conçus chez nous.

Je me souviens de l'ennui qui me gagnait d'heure en heure. De cette interdiction de déambuler au-delà de la ligne bleue au bout du couloir aveugle habité par une odeur d'éther. De l'infirmière peu aimable au lourd chignon noir que j'avais baptisée « la Sorcière ».

Je me souviens de finir par en vouloir à mes parents de ne pas venir me chercher plus tôt.

De cette attente interminable, je conserve la déception d'ajourner encore le retour à la normalité. Suspendue au bon vouloir des adultes, ma patience s'érodait dans l'ignorance de l'atroce vérité.

## *Adaptation de la cassette 2*

Si je devais évoquer le premier souvenir d'enfance, le premier qui jaillit et s'impose à mes sens est celui d'une lumière dorée qui filtre à travers les canisses de roseau disposées tout autour du parasol à fleurs flavescentes. Sur le sol herbeux est étalé un plaid brun à carreaux dont les fibres grattent un peu la peau tendre de mes jambes nues. Tout autour de moi sont éparpillés des jouets en plastique sortis d'un panier blanc crème. Je me rappelle les fourmis courant sur le textile gondolé, du métissage odorant composé d'herbe tiède et de l'haleine du plaid exacerbée par la chaleur. Bien des années plus tard, dans les affaires de mes parents, je tombai sur une photographie floue qui atteste que mes souvenirs sont exacts. J'ai cinq ans et l'été ouvre ses bras sur la montagne ariégeoise. Mes boucles mordorées cascadent sur mes épaules. Mon père passe alors ses mains dans l'ouverture des canisses et dépose un petit paquet de poils sur le plaid. Émerveillée, je vois tituber sur le sol bosselé un chaton noir comme le charbon.

— Tu ferais mieux de jeter tout ça !

— Non, j'y tiens. C'est tout ce qui me reste.

Malgré le ton indigné, je sens le chagrin enfler alors que je range l'album photo. J'ai le bout des doigts poudrés de poussière à caresser chaque objet entreposé dans la grande caisse.

— Apprends à laisser le passé dans le passé, continuait de me sermonner ma grand-mère. Fais comme moi !

— Mais je voudrais tant revenir à Peyreloungo.

— Une maison à l'abandon. Dieu sait dans quel état elle doit se trouver !

— Et maman, maman me manque.

— Et moi, tu y as pensé ? Tu crois peut-être que ce n'est pas cruel d'avoir perdu ma fille ? s'emportait-elle.

Tout résidait dans ce fossé d'incompréhension. Je crois que, pour ma grand-mère, devoir accueillir chez elle la seule rescapée de l'accident était au-dessus de ses forces. Non seulement sa fille avait péri, mais aussi l'aînée de ses petites-filles, celle qui occupait toute la place dans son cœur, tant de place qu'il n'en restait plus pour me couvrir de tendresse.

Je ne dirais pas pour autant qu'elle me le faisait payer, d'une façon ou d'une autre. Il me semble qu'elle agonisait en silence et que sortir ses griffes constituait un bon moyen de ne pas subir à l'improviste un assaut du chagrin. Par ailleurs, je l'exaspérais de si peu ressembler à ma mère. Même mon accent chantant, elle s'efforçait de m'apprendre à le gommer : « On ne dit pas "rose" mais "rô-ô-se" », insistait-elle les lèvres pincées, une main en corolle pour souligner son propos. « Ma pauvre fille, si tu veux qu'on t'écoute, parle avec l'accent pointu », me toisait-elle, le menton en avant.

À l'adolescence, j'eus la mauvaise idée de devenir jeune fille la veille d'un départ pour rejoindre des cousins dans le bassin d'Arcachon. Mes premières règles, le saut dans un puits sombre et nimbé de mystère. Ne s'embarrassant pas de démonstration sur cet événement crucial, ma grand-mère m'avait mise en garde sur un point en particulier : « Surtout, ne te lave pas pendant que tu as ça, ni même les cheveux :

sinon, tes coquelicots, cela les stopperait ! » Aucune mention spéciale sur la fécondité induite, et encore moins sur la contraception taboue. Longtemps, je crus à ses préceptes, jusqu'à ce jour, je devais avoir seize ans, où je fus invitée à rejoindre des amis qui improvisaient une baignade dans un bras de la Garonne. Ne voulant pas me marginaliser, j'enfreignis les lois inculquées par cette aïeule raide comme la justice et m'immergeai, avec une appréhension immense, dans la rivière aux eaux claires. La sensation de bien-être fut immédiate, lavant mon inquiétude. Lorsque le flot de sang reprit peu après la baignade, je mesurai pour la première fois qu'il ne fallait pas toujours croire les adultes.

À l'inverse du caractère acrimonieux de sa femme, mon grand-père demeurait silencieux, ne prenait ni ma défense ni n'abondait dans le sens de celle qui m'éduquait comme on accomplit un devoir. Cet homme discret avait mis sa peine dans le creux sombre de sa poche et un pudique mouchoir de premier communiant dessus. Stoïque, il assistait aux scènes qui animaient ses journées sans fin. Un jour que ma grand-mère était entrée dans une colère noire pour un motif que j'ai oublié depuis, je me souviens m'être tournée vers lui, désemparée :

— Tu n'es pas triste que bonne-maman soit si fâchée ?

— Quelle heure est-il ? fit-il simplement en sortant son gousset. Dans vingt minutes, ce sera fini.

Et, ajustant ses lunettes, il rouvrit le journal pour reprendre la lecture que j'avais interrompue. Pas un regard pour souder une quelconque connivence. Pas un sourire pour apaiser mes craintes. Par son attitude sereine et détachée, mon grand-père plantait sa présence placide dans le salon aux fauteuils de velours.

Malgré leur condition modeste, il ne se plaignait pas des repas monotones et sans fioriture ; je me rappelle surtout qu'il économisait son pain pendant son déjeuner. Un jour, je le suivis en sortant de table. Il ouvrit la fenêtre et, émiettant le bout de mie non consommé, le jeta en plusieurs fois aux oiseaux qui s'inclinaient en contrebas, telle une cour devant le roi à son balcon. Et un soir, alors que la tristesse avait voilé mes yeux la journée durant, je le vis arriver dans ma chambre à pas feutrés. Dans ses mains rassemblées en berceau, une fleur en peau d'orange s'enroulait harmonieusement. Je me rappelai alors le voir découper la peau du fruit lors du dessert, en prenant bien soin de ne pas casser son œuvre quand le couteau traçait son chemin tout autour de l'agrume.

— Comme ça, ta chambre va sentir bon et tu feras de beaux rêves, murmura-t-il en déposant son offrande sur la table de chevet.

Il m'est apparu plus tard que cet agrume était bien plus précieux encore à ses yeux, un cadeau rare que l'on offrait aux Noëls de son enfance. Conserver la peau si artistiquement enroulée sur elle-même, c'était prolonger l'impression de richesse. Corolle ouvragée telle une couronne princière encore chargée du mystère qui en auréolait l'origine exotique.

Une vision m'étreint comme une évidence : je revois mon grand-père esquisser de la pointe du couteau une croix au dos du pain avant de l'entamer, ce pain qu'il tenait serré contre son cœur en l'entaillant généreusement. Cette croix érigée désormais sur la terre où il repose. Oui, ce vieil homme effacé était pareil à du bon pain : sous la croûte ordinaire se cachait une mie tendre et généreuse.

Durant toute mon enfance, je crois que ce qui me manqua le plus, c'étaient les gestes de tendresse. Plus personne ne me prenait dans ses bras ni ne me mitraillait la joue de baisers comme on tète goulûment au sein de sa mère. Car après l'inhumation de mes parents et de ma sœur, je vécus des années d'errance, expérimentant le nomadisme affectif. Logée à l'année chez mes grands-parents, le reste du temps, j'étais accueillie par des amis ou chez ma tante, l'unique sœur de ma mère restée dans le Sud-Ouest. Cette dernière, célibataire avec déjà des travers rigides bien ancrés, m'ouvrait sa porte par obéissance à l'injonction parentale. Dans son appartement impeccable que rien ne devait déranger, j'étais l'électron libre à canaliser afin que l'ordre perdure le temps de mon court séjour. À l'adolescence, j'obtins de ne plus me rendre chez elle. Quant à mes trois oncles maternels, entre le divorce de l'un et l'éloignement géographique des autres, après quelques essais désastreux, il apparut très vite qu'aucun ne pouvait m'inviter guère plus d'une semaine de congés par an. Souvent, à l'été, je les rejoignais dans une maison de location, le temps de quelques jours. Revoir mes cousins m'offrait alors une parenthèse salutaire.

En bonne capitaine du navire, ma grand-mère élabora un planning de rotations pour sa petite orpheline. Ainsi, à peine les vacances scolaires débutaient, ma valise et moi-même étions expédiées vers le foyer décrété par la matriarche autoritaire.

Souvent, j'eus la désagréable sensation de n'être qu'une patate chaude qu'il convenait d'héberger à tour de rôle, avec plus ou moins de grâce. Ballottée comme une feuille dans le vent. J'ai semé dans mon sillage de menues affaires que j'oubliais dans mes déménagements incessants. Et à la culpabilité éprouvée par les survivants d'une tragédie s'ajouta celle du sentiment de déranger.

Il me revient en mémoire un souvenir cruel expérimenté à peine six mois après l'accident. Le besoin de revoir la classe de CM2 que j'avais quittée sans un au revoir, celle d'avant le drame, me taquinait si fort qu'un samedi matin, jour où dans mon collège nous n'avions pas de cours, je me présentai à mon ancienne école. Une fois la porte ouverte, si le sourire de la maîtresse fit déferler en moi une vague de réassurance, l'intérieur de la salle de classe me plongea dans une incompréhension inconcevable. Les odeurs avaient changé, les dessins sur les murs ne m'évoquaient plus rien, les panneaux ne portaient pas la signature de ceux que j'avais connus. La conscience brutale du temps qui passe déboula sur moi comme une onde de choc. Moi qui croyais naïvement trouver alignés derrière leurs bureaux mes anciens camarades de classe, je réalisai d'emblée en contemplant estomaquée la vingtaine de mines ahuries et anonymes que le décalage était inéluctable. Et que cette rupture me plongerait dans du vitriol à chaque désir de renouer avec l'intemporalité.

Cet appétit naturel de goûter aux saveurs d'autrefois, je l'observais chez des inconnus au bureau de poste. À l'époque, le téléphone fixe n'était pas répandu dans tous les foyers. Pour les immigrés venus travailler en France, l'unique façon d'entrer en contact avec leur famille restée au pays, c'était la cabine téléphonique des PTT. Dans le bureau de poste du quartier, ils faisaient parfois la queue devant l'espèce d'armoire vitrée pourvue d'un unique tabouret. Une Nigériane prenait place sur le siège, étalant son boubou coloré tout autour de ses jambes charnues, décrochait le combiné pour l'approcher du foulard qui surmontait son visage ébène. Et tout d'un coup, une conversation hallucinante s'emballait, la voix grave de cette femme semblait fredonner du gospel, tantôt langoureux, tantôt pressé. Rythmé de syllabes où chantait la savane, son discours transportait le petit bureau toulousain au cœur d'un village de cases en terre ocre et coiffées de chaume. Pour un peu, on eût entendu un tam-tam lointain, égaré entre la brousse desséchée et un arbre à palabres centenaire. On sentait qu'elle voulait qu'on lui passât tout le monde, tout le village au bout du fil, toute sa communauté qui, je l'imaginais, patientait pour avoir le privilège de s'adresser à elle. Elle, si lointaine qu'elle ne se rendait pas compte à quel point elle parlait fort, que tous les clients qui attendaient pour la pesée d'une lettre, pour récupérer un colis, tous assistaient à ses retrouvailles à la fois impudiques et poignantes. Quand il faut raccrocher, que la conversation prend fin, le silence gêné gagne le hall public, et tout le monde baisse les yeux pour ne pas voir la Nigériane effacer une larme au coin des yeux.

Alors une Maghrébine la remplaçait dans ce placard où l'on suffoquait tant la passion y était ardente, lissait sa djellaba sur ses longues jambes, portait le combiné tout près de son voile opaque et se lançait à son tour, dans un quasi-monologue guttural tout en courbes orientales et au débit saccadé – donner le maximum de nouvelles, en prendre autant en échange –, les sons plus aigus qui laissaient transpirer la longue plainte d'être déraciné.

Ce métissage ethnique au sein du petit bureau de poste me griffait le cœur. J'enviais ces femmes de pouvoir joindre ceux qu'elles aimaient. Même coupées de leur source, elles s'abreuvaient. Je ne me doutais pas encore qu'à l'issue de ces conversations leur âme était comme vidée, que ces appels qui leur semblaient salutaires les plongeaient plus profondément encore dans la solitude des exilés. À l'employée derrière son comptoir, je brûlais de demander l'indicatif du Paradis...

*Juste entendre sa voix, une dernière fois...*

## *Adaptation de la cassette 3*

« S'il t'en faut si peu pour fondre en larmes, tu cours à la dépression, ma pauvre fille », prophétisait ma grand-mère. Je me rends compte que toutes ses remontrances étaient ponctuées de « ma pauv' fille ». Indéniablement, je n'avais ni sa force morale ni son ricochet verbal. Du moins, c'était l'apparence qu'elle donnait.

Combien de fois l'ai-je poussée dans ses derniers retranchements avec mes questions incessantes ? « Pourquoi papa et maman avaient acheté cette maison en Ariège ? Pourquoi nous n'y allons pas ? Et si l'accident n'avait pas eu lieu, vous accepteriez de vous y rendre ? » Et cette question telle une grenade dégoupillée : « Pourquoi ils ont eu cet accident ? »

« Geindre ne les fera pas revenir, s'insurgeait-elle, à bout de nerfs. Tu n'as pas honte de te plaindre alors que j'ai moi-même perdu beaucoup dans ce terrible accident ? Toi, tu es jeune et tu t'en remettras. Moi, je mourrai avec ce deuil d'une cruauté sans nom. »

Consciente d'avoir rallumé la mèche d'une nouvelle crise hystérique, je demeurais vissée au parquet devant la déferlante, tétanisée par le spectacle. Statufiée par cette faim insatiable de comprendre. De mettre des mots sur ma perte et ma peine. D'adoucir et même gommer la faute d'être encore en vie.

Ils ont été victimes d'un accident de la route.

Victimes.

Pas moi. Coupable donc.

« Cette enfant me rendra folle ! » concluait-elle en claquant la porte de sa chambre. Les jambes lourdes comme le plomb, je remontais alors le couloir jusqu'au placard et m'y installais, au milieu des caisses que j'avais « sauvées » lorsqu'il avait fallu trier les affaires de mes parents et rendre les clés au propriétaire.

Vingt minutes. Le temps que l'orage passe. Mon grand-père avait raison. Dans le délai imparti, bonne-maman sortait de sa chambre et, en passant devant le placard, frappait trois coups en annonçant : « C'est l'heure du thé. Il reste du quatre-quarts, si tu en veux. »

Cette grand-mère si froide et pincée, coincée dans un appartement d'un quartier populaire toulousain pour se rapprocher de sa fille, elle, la Bordelaise qui rêvait d'un train de vie bourgeois, celle que je me devais d'appeler « bonne-maman » afin de ne pas égratigner son ego, avec le recul, je prends la mesure des sacrifices qui lui ont coûté bien plus qu'un rang dans l'échelle sociale. Parce que son mari n'avait aucune ambition professionnelle, ils durent se contenter d'un unique et maigre salaire pour élever leurs cinq enfants. Et elle, pour donner le change dans ses cercles d'amies, déployait des trésors d'astuces afin de compenser sa marge phénoménale.

Je lui dois beaucoup, croyez-moi. Elle fut la première à m'apprendre à prendre soin de mon apparence physique, à faire illusion à moindres frais. Certains produits de toilette étaient considérés comme de l'or et leur emploi requérait un rituel économe et attentionné digne d'une dévotion mystique. Une image furtive me revient en mémoire : bonne-maman me vernissant les ongles. Je me rappelle son geste lent et précis pour ne pas gâcher le liquide irisé, juste un seul coup de pinceau, plus ou moins appuyé afin que les poils fins nappent tout l'ongle en un unique passage net et lisse. Cette séance intime, nos têtes si proches, nos souffles en suspens, cet instant de grâce conjugué au féminin se réveille chaque fois que le parfum amer d'un vernis chatouille mes sens.

Plus tard, elle m'apprit le soin porté au visage et l'art du maquillage. Enfant, je ne voyais pas l'intérêt des contraintes auxquelles elle me soumettait : « Tiens-toi droite, me harcelait-elle, péremptoire, sinon tu auras la poitrine à la taille. Relève la tête si tu ne veux pas d'un double menton... » À présent qu'elle a gagné le Ciel, je l'imagine intimer aux anges comment joindre les mains pour avoir l'air plus pieux... « Préfère toujours les escaliers à l'ascenseur pour galber tes jambes. Pense au rappel des couleurs dans ta tenue ou l'ombre à paupières. Ne jamais se dévoiler : plutôt laisser deviner et faire courir l'imagination... » À l'aube de l'adolescence, ces préceptes prirent tout leur sens.

De temps à autre, ma grand-mère m'envoyait chez une de ses amies, restée à Bordeaux. Une dame âgée, que j'ai toujours appelée « Mme du Tilleul », en raison de la présence de cet arbre au milieu de son jardin. D'ailleurs, elle en récoltait les feuilles afin de confectionner des tisanes dont elle tirait beaucoup de fierté. Si l'un de ses héritiers lit ces lignes, je tiens à lui présenter des excuses : je ne suis toujours pas capable de nommer correctement cette brave dame qui m'accueillait comme un membre de sa famille.

Mme du Tilleul habitait une belle maison bourgeoise non loin de la place des Quinconces. Très croyante, son intérieur arborait des signes religieux dans chacune des pièces aux hauts plafonds ceinturés de corniches ouvragées. Au-dessus de mon lit, un crucifix me terrorisait jusqu'à ce qu'elle m'apprenne à l'apprivoiser en me racontant la Bible. Dans sa bibliothèque, un livre ancien et merveilleusement illustré racontait le Nouveau Testament aux enfants. Je ne sais pas ce que cet ouvrage est devenu, mais ses larges pages bordées d'or me fascinaient et alimentaient mes nuits sans rêve.

Lorsque je séjournais chez elle, je ne coupais pas à l'office dominical. Cela ne me gênait guère : les chants, la mélopée des voix, les rites... j'avais la sensation d'assister à quelque chose de la plus haute importance. Impossible d'en comprendre le moindre message, mais je me laissais séduire par ce qui s'offrait à mes yeux écarquillés. Je me souviens aussi qu'au moment de l'Élévation, lorsque les fidèles à genoux inclinent la tête devant le pain exposé par le curé au-dessus de l'autel, Mme du Tilleul m'avait expliqué que Jésus entrait dans l'église à cet instant précis. Après deux secondes d'adoration, l'assemblée peut ensuite se prosterner pour prier et rendre grâce devant l'hostie devenue incarnation du Christ. Perplexe et désireuse d'approfondir un savoir qui m'échappait, après avoir baissé le menton, je tordis le cou vers le fond de l'église afin de surprendre l'arrivée silencieuse du bien nommé Messie. Constatant la grande porte close, une immense déception me gagna. C'est alors qu'un couinement perça le recueillement. Impossible d'en connaître la provenance, mais pour moi, aucun doute : Jésus avait dû lire les intentions dans mon cœur et entrer dans l'édifice par une porte dérobée... une porte dont les gonds venaient de mendier bruyamment un peu de graissage.

À l'inverse de mes grands-parents, Mme du Tilleul se montrait douce et maternelle envers moi, commandant à sa cuisinière de me confectionner des desserts ou à sa bonne de m'accompagner au cinéma, installait son jeu de croquet d'un autre âge sur le gazon anglais de son jardin ; tout le contraire de son mari dont la voix de général ne tolérait aucun compromis et qui de toute façon se désintéressait de moi. Chez ce couple corseté par un protocole obscur, le vouvoiement était de rigueur, même entre les époux. Cela donnait des airs de conférence aux dîners, croyez-moi ! Moi, je trouvais cela tellement étrange de bénéficier de cet usage, comme s'il s'agissait de me tenir à distance. Un écart social, affectif aussi. Mais je me rendis vite compte que cela n'avait aucune incidence sur ma proximité avec cette douce dame ancrée dans une époque désuète.

Un beau jour, ma grand-mère cessa de m'envoyer chez Mme du Tilleul. « Elle est fatiguée », justifia-t-elle en me mettant dans un car pour rejoindre une colonie de vacances. L'été suivant, je pris le train pour gagner Bordeaux et rendre une visite surprise à celle qui m'avait si chaleureusement accueillie pendant presque six ans. Veuve depuis quelques mois, Mme du Tilleul apprécierait sûrement un peu de compagnie. Parvenue devant l'imposante demeure, je mesurai immédiatement l'écart avec mes souvenirs : seuls les volets du rez-de-chaussée étaient ouverts et tous les rideaux semblaient tirés. Le personnel m'accueillit comme autrefois, mais avec cette réserve qui caractérise l'ambiance des hôpitaux et qui réveilla en moi un souvenir douloureux. Dans le salon où la lumière du jour filtrait à grand-peine, j'aperçus la silhouette de la vieille dame s'articuler et s'emparer d'une canne. Je crus étouffer en contemplant Mme du Tilleul se lever lentement, prenant lourdement appui sur la canne et avancer vers moi à petits pas prudents. Malgré la camisole de peine qui m'étranglait, je vins à sa rencontre et la serrai dans mes bras, avec précaution, comme si j'étreignais du cristal. Je dus me pencher pour l'enlacer contre mon cœur. Et pendant qu'elle me parlait, je me repaissais de son parfum à la lavande, de son phrasé à présent hésitant. Et son regard, si doux, les iris cerclés d'un anneau bleu ciel. Je pris aussi conscience d'un phénomène sournois : un léger tremblement agitait la tête de la vieille dame. Ce que j'avais d'abord cru être la conséquence de l'émotion suscitée par nos retrouvailles continuait de faire osciller les tempes de Mme du Tilleul. Désemparée, je contemplais les signes manifestes d'une dégénérescence irréversible et inexorable.

— Chère enfant, il vous faut vivre pour vous.

— Je ne sais pas m'y prendre. Je n'ai pas appris.

— Voir des vieilles personnes, ce n'est pas bon pour une jeune fille.

— Oui, mais je n'ai que vous.

— Que des gens âgés autour desquels rôde la mort. Vous êtes déjà marquée par la perte de votre famille. Choisissez la vie !

— J'ai des amis de mon âge, des cousins...

— Mais pas de sentiments assez ancrés pour rester avec eux ?

— Ma vie est là, avec vous et mes grands-parents.

— Nous sommes votre passé. N'avez-vous pas un avenir à écrire ? Vos parents n'avaient-ils pas une maison de vacances ?

— Si. D'ailleurs, j'aurais bien aimé y retourner.

— Alors, ne tardez pas. Et quand vous y serez allée, vous reviendrez me raconter.

Mme du Tilleul ne survécut pas à l'hiver. Ni l'arbre du même nom qu'il fallut abattre. Néanmoins, ses mots continuèrent de résonner en moi. Au point que, sur la fenêtre de ma chambre, ils m'étaient littéralement réapparus : j'avais sommairement dessiné notre maison de Peyreloungo sur la vitre que j'avais embuée auparavant. En se dissipant, la vapeur avait fait disparaître l'ébauche. Mais un jour de pluie, la magie subtile de la condensation opérant sur carreau de verre, la maison que j'avais tracée ressurgit comme le rappel d'un serment.

* *
*

*Fin de la cassette 3*

*[...] Je ne sais pas encore si ce que je vais entreprendre est une grosse connerie...*

*Ou une étape nécessaire à mon travail de deuil.*

*Quelque chose... quelque chose me pousse à finir ce voyage. Franchir cette distance au-delà du... de l'accident qui a coûté la vie à ma famille et pour lequel je paie toujours le prix.*

*Me rejoindre au-delà du temps.*

*Ça y est, voilà que je parle comme ma psy.*

## *Adaptation de la cassette 4*

Ne plus vivre dans le passé.

Écrire et désormais conjuguer au présent les jalons de mon existence.

Ainsi, près de douze ans après l'accident fatal, j'emprunte cet itinéraire oublié qu'il m'a fallu vérifier sur une carte Michelin. D'ailleurs, sur certaines portions, je ne reconnais rien, et ce n'est pas plus mal. Je n'ai aucune envie de revoir l'endroit exact où mon destin a basculé.

Un peu moins d'une heure et quarante-cinq minutes de trajet dans ma 4L branlante, la tirette du starter actionnée sur la première dizaine de kilomètres.

Et voilà.

Dans mon souvenir, elle paraissait bien plus haute, plus large. Qu'importe ! C'est bien elle : la maison de mes parents à Peyreloungo. Désormais, le noyer impudique lorgne le balcon et la vieille bâtisse semble assise sur un profond coussin de verdure. Quelques ardoises se sont décrochées du toit et se sont brisées au pied des murs centenaires. Comme une mélopée lointaine, le torrent chante depuis le grand champ.

Telle la rescapée d'un naufrage, je me tiens debout, mais mon corps chancelle un peu. J'ai laissé ma 4L épuisée au bas du chemin. Impossible d'avancer plus loin avec mon brave tacot : les pinceaux des hautes graminées lui léchaient déjà les portières. Sans entretien, le sentier avait repris ses allures sauvages. Longtemps, pour accéder à notre maison, une ancienne bergerie adossée à un muret, un raidillon impitoyable traçait une saignée dans la montagne depuis la route. Après avoir acquis une à une chaque parcelle, mon père avait fini par être propriétaire de l'hectare nécessaire pour creuser de ses mains une voie carrossable. Cette piste en pente douce, j'aimais la descendre en courant, me prétendant pilote de formule 1, imitant le chant inégal et abrutissant de la mécanique. Souvent, j'arrivais à la route départementale avec cette impression que mes jambes avaient fait preuve de dispositions surhumaines.

Oui, je titube un peu. La grimpette par le *rampaillou*[1] n'y est pas étrangère. Couchant les herbes sur mon passage, intimant le silence aux grillons optimistes de cette fin de printemps, j'ai ouvert une brèche conquérante sur mon territoire à l'abandon. À l'ombre du vaste rocher qui donne son nom à ce secteur de la montagne, j'ai passé la main sous l'eau fraîche de la source que mon père n'était pas parvenu à dompter. Invariablement, l'onde transparente suintait sur sa route, transformant l'endroit en terrain boueux jusqu'à ce que papa le tapissât de cailloux. Rouler sur la bande bosselée de galets faisait cahoter notre voiture, provoquait mes éclats de rire et une sacrée frayeur à ma mère. Puis le chemin s'apaise et glisse à travers un bois de châtaigniers, nous offrant l'illusion de franchir une cathédrale safranée une fois l'automne venu.

1. *Rapalho* en occitan.

J'ai l'impression que ma poitrine est gonflée d'hélium et que mon cœur y flotte en apesanteur. Je sens ses battements désordonnés. Il s'y joue une étrange cacophonie en sourdine que l'impatience et l'appréhension suscitent. Je suis là, juste devant l'imposante porte de bois grisâtre strié de griffures sèches. Mes oreilles bourdonnent. Résolument, je m'ébroue et me mets sur la pointe des pieds pour trouver à tâtons la clé dissimulée dans le mur épais au-dessus de l'encadrement. Là, au creux d'une crevasse, cachée par une simple pierre, la grosse clé comme endormie se laisse saisir et pénètre dans la serrure fatiguée. Enfin la porte s'ouvre et, avec la lumière du jour, mon ombre me précède dans le vestibule assoupi. Hormis une impressionnante couche de poussière et les toiles d'araignée qui voilent les écarts entre les poutres ou les coins des murs, l'intérieur est tel que dans mon souvenir. Juste plus étroit, et le point de vue inédit : indéniablement, j'ai grandi.

Je respire. Un sourire rassuré me fend les lèvres.

Je crois m'avancer, mais ma démarche doit ressembler à celle d'un jouet déréglé tant j'hésite et flageole légèrement. Le gros bouton du panneau électrique est juste derrière moi, mais je passe devant sans un regard et continue de pénétrer dans ce qui constitue le creuset de mon existence.

Depuis que j'ai franchi le seuil, la fraîcheur de la maison fait hérisser le duvet de mes bras. À moins que ce ne soit l'émotion. Ou tout autre chose que je pressens déjà, inconsciemment. Car malgré l'impatience qui agite mes sens, quelque part dans mon cerveau s'allume la prudence. Flotte aussi l'odeur des vieilles pierres mâtinée de bois ancien et de cendre froide. Une autre m'assaille aussi, vaguement nauséabonde, et corrompt le bonheur que je voulais immaculé. À mesure que je respire, la pestilence me pique la gorge et agresse mes narines. À la prudence succède la méfiance. Je choisis d'ignorer l'inquiétude diffuse qui m'empoigne et fends la pénombre pour atteindre la fenêtre de la cuisine.

Ce n'est qu'une fois les volets ouverts que l'effroi me fait l'effet d'un coup de poing dans le ventre. Un « oh ! » effaré s'assèche dans ma gorge. En prenant appui sur le buffet, mes doigts glissent sur un velouté de poussière. Dans la pièce désertée où je pensais retrouver chaque objet à sa place assignée par le quotidien règne un chaos immonde. Les portes du buffet sont béantes et de la vaisselle s'est brisée sur le plancher. Les paquets de biscuits ont été éventrés et réduits en miettes, déchiquetés. Quelqu'un s'est acharné, a renversé l'empilement des verres qui désormais jonchent le sol de brisures disparates comme des diamants bruts. Les placards ont été fouillés avec une rage encore palpable. L'impression de souillure fait monter en moi une vague chargée de bile. Comme à travers un miroir au reflet absurde, je vis un cauchemar éveillé.

L'odeur est à présent insoutenable, malgré la fenêtre ouverte. Et la luminosité innocente du jour accroît mon mal-être. Les coussins des fauteuils ont subi les foudres de la lame d'un couteau. Leur mousse de rembourrage a giclé, éclaboussant l'assise, et s'est déposée en désordre aux pieds du mobilier. La cendre de l'âtre a été dispersée, les journaux réduits en confettis, le bois des meubles laminé. Un criminel a séjourné chez nous, a saccagé de façon tout à fait gratuite la pièce de vie, et cela m'emplit de frayeur insensée. Rien n'a été épargné. Même le liquide vaisselle a été éventré.

Entre le sentiment de viol et la crainte de croiser l'auteur du vandalisme, mon cœur bat la chamade. Dans ma tête, une voix hurle : « Pars ! Cours ! Fuis ! »

Les yeux agrandis, les oreilles aux aguets, je scrute ce mausolée dévasté qu'une menace hante encore. Je le sens, je le sais. Quelque chose de terrible va se produire. Je devrais quitter immédiatement le lieu, mais je n'ose regarder derrière moi. Un voile noir se déploie dans mon dos et fait frissonner ma nuque.

Mon odorat vient d'analyser une partie de l'odeur fétide : je crois reconnaître celle du pipi de chat. Je me remémore mon chaton, celui que mon père avait déposé sur la couverture où je jouais. Compagnon de mes jours, Cachou nous suivait dans nos trajets entre Toulouse et ici. En devenant adulte, il se revendiquait de plus en plus indépendant, disparaissant parfois des jours durant, à mon grand désespoir.

En revanche, jamais il n'avait uriné dans la maison. Cette odeur que je distingue à présent sans ambages m'apparaît d'une anormalité inconcevable. Terrifiante.

Nouvelle décharge sur mon cœur.

Le remugle commence à faire sens et joue avec mes cauchemars d'enfant. Indubitablement, un ogre attend son heure, tapi dans un coin sombre de la pièce pour se jeter sur moi. La mort rôde et s'apprête à fondre sur la victime imprudente.

— *Il est où, Cachou ?*

— *Tant pis, on part sans lui.*

*Ma voix :*

— *Non ! On ne le laisse pas une semaine sans nous !*

— *Ici, il ne manquera de rien. Il ira chaparder dans les gamelles des autres jusqu'à notre retour.*

Contre le mur du fond, entre la huche et le vaisselier, le panier de Cachou fait pitié à voir. Pendant que mon cerveau reconstitue le puzzle d'un souvenir ancien, je m'approche du petit espace où notre chat ne venait que très rarement, préférant la paille des chaises basses devant l'âtre ou le moelleux de mon édredon. Dans un battement de cils, je crois apercevoir son ombre au fond du panier, recroquevillée sur le tissu du coussin. Je cligne des yeux : il y a bien quelque chose dormant dans la corbeille vétuste.

Mon pouls s'accélère. Je crois qu'instinctivement je pressens déjà l'anomalie de la situation. Un espoir gonfle en moi. Un désespoir lucide me met en garde.

*Mon chat. Mon chat...*

Il serait âgé de dix-huit ans. Je crois qu'il est possible pour un chat de vivre si vieux, et même au-delà. Je finis de m'approcher pour comprendre ma méprise. Alors que je m'approche de son origine, l'odeur singulière empuantit l'espace et l'épaissit à m'en donner l'envie de vomir. Je parviens à sa source piégée dans les fibres du coussin. C'est là qu'il m'apparaît, dans sa matérialité la plus nue : un squelette gît, en forme de croissant. Quelques poils noirs veloutent encore le creux imprimé dans le tissu sous la blancheur des os.

*Oh, Cachou...*

Et comme un vase qui se brise en mille éclats, l'ivresse naïve de mon retour à Peyreloungo explose en fragments épars. Les tessons m'atteignent et sonnent un premier avertissement.

## *Adaptation de la cassette 5, face A*

Doucement, j'incline la pelle qui nous servait autrefois pour ramasser la cendre dans l'âtre. Les ossements glissent en raclant le fer et s'entassent au fond du trou que je viens de creuser sous le lilas. Le parfum suave des fleurs mauves se dépose dans mes cheveux tandis que je referme la tombe sommaire de mon chat. Si nous n'avions pas eu notre accident, nous l'aurions sûrement retrouvé vivant, piaffant dans l'entrée, même après cinq jours, enfermé par erreur dans notre maison.

Aucune porte à l'étage n'est ouverte. Sauf celle accédant au grenier. Une porte légèrement béante. Mal refermée. Je me rappelle être montée dans cet espace mansardé où mes parents ne tenaient debout que sous le faîte. Je voulais vérifier que mon chat ne s'y trouvait pas.

J'ai dû mal chercher sa présence sous les combles.

J'ai dû mal actionner la poignée de la porte en quittant le palier.

Plus aucun doute : je suis responsable de la mort de Cachou. De retour dans cette maison des années après, j'affronte un nouveau deuil coupable.

Passer à autre chose le plus rapidement possible constituera mon unique salut. Alors, je me remets debout et embrasse du regard l'étroit carré de jardin attenant à la grange où l'été nous prenions nos douches : il suffisait de laisser le tuyau d'arrosage au soleil pour avoir de l'eau chaude, sans être trop gourmand car, au bout du long boyau de plastique se tenait en embuscade la fraîcheur de l'eau du torrent. Le reste de l'année, une lessiveuse suspendue à la crémaillère dans la cheminée frémissait en permanence. À chaque toilette ou vaisselle, nous déversions l'eau brûlante dans des bassines et la coupions d'eau froide que nous stockions dans des bidons. L'eau courante, mon père avait fini par la capter à une source non loin de chez nous, limitant ainsi nos allers-retours pour puiser l'eau du torrent dans le grand champ. Lorsque enfin un chauffe-eau fut installé, le confort moderne avait ébloui la modeste demeure dans l'éclat en inox d'un évier rutilant. Peu avant l'accident, papa avait commencé les travaux d'une salle de bains à l'étage. Seuls la douche et le lavabo furent dressés, mais pas branchés. Depuis, à notre retour de Toulouse, on trouvait parfois un lézard piégé au fond du bac de la douche, patinant d'effroi à notre approche quand nous tentions de le sauver du carré d'émail. Et contre le mur de la grange, le carrelage demeure entassé sous sa bâche et attend encore d'être exposé.

Dans la vaste cheminée finit de brûler le panier de Cachou, libérant une fumée noirâtre mariée à une odeur nauséabonde. En me reculant, ma tête heurte sèchement la corniche qui ceinture le manteau. La violence du coup me pique les yeux tandis que le sang afflue sous la racine des cheveux, juste à l'endroit endolori.

« Bienvenue chez les grands ! » m'aurait souhaité mon père. Enfant, je passais sans crainte sous la hotte, où il fait sombre comme par une nuit sans lune. En revanche, mes parents devaient se montrer prudents s'ils ne voulaient pas écoper d'une bosse. Un jour, ma sœur se cogna, attestant qu'elle avait dépassé la taille d'enfant pour gagner celle des adultes. Dès lors, chaque fois que nous revenions ici, je me mesurais à la corniche, évaluant à l'aide de mes mains combien de temps il me restait encore.

— Y a quelqu'un ? s'enquiert une voix fluette depuis le jardin.

Affairée à nettoyer la modeste cuisine, je suspends mon œuvre de récurage pour tendre l'oreille. Ai-je rêvé ?

— Ohé ? réitère la petite voix.

J'approche de la fenêtre et avise une fillette postée devant la porte grande ouverte. Je fais rapidement le tour de la cloison pour accueillir ma visiteuse qui ne perd pas de temps :

— Bonjour, tu es qui ?

— Moi, c'est Tess.

Stupéfaite, je contemple mon invitée surprise âgée de huit ou neuf ans, guère davantage, les cheveux rassemblés en deux couettes basses, et surtout un visage ambré percé de deux pupilles charbonneuses légèrement étirées en amande.

— Et toi, comment t'appelles-tu ?

— Qiong Mei Li. Mais tout le monde ici m'appelle Kimi. Est-ce que cette maison, c'est la tienne ?

— Bien sûr. Ma famille en a fait l'acquisition peu avant ma naissance.

— Parce que je l'ai toujours connue fermée, justifie Kimi. Alors maman m'a envoyée vérifier qui venait de l'ouvrir en grand.

— Ah ? Donc tu peux voir ma maison depuis chez toi ?

— Oui ! Et elle pointe du doigt en direction d'une grappe de maisons sur le flanc de la montagne.

Au bout de son index tendu, j'aperçois les toits d'un hameau. Tout doucement, je remonte la pelote de mes souvenirs. Je me souviens d'un petit bout de femme effacée, une Chinoise que tout le monde appelait Maïa par commodité, car personne n'était parvenu à mémoriser son prénom à rallonge. Même l'orthographe est approximative, puisque je crois ne l'avoir jamais vu écrit. De vingt ans son aîné, le mari, dont j'ai oublié l'identité, était commercial et avait rapporté Maïa d'un de ses voyages d'affaires en Asie.

Sublimé par le chant de passereaux nichés dans le grand frêne, le profil de la belle enfant postée devant moi offre le portrait agréable d'un métissage réussi.

— Eh bien, tu pourras dire à tes parents que la maison sera désormais souvent ouverte.

— À ma mère.

— Pardon ?

— Je l'annoncerai à ma mère. J'ai pas de père.

— Ah bon ? Je m'excuse alors. Il... il est mort ?

— On sait pas. Il est parti, c'est tout. Et depuis, rien.

— Et... cela fait longtemps que vous êtes sans nouvelles de ton père ?

— Oh oui ! Il m'a pas vue naître. Il sait pas que j'existe. C'est bête, hein ?

J'ai l'impression de gratter une sacrée croûte d'oubli en cherchant à retrouver ce qui me reste de souvenirs. L'homme du hameau. Impossible de mettre un visage précis sur cette silhouette bien trop absente. En revanche, je me rappelle que le célibat pesait lourd sur le quotidien monotone du quadragénaire depuis le décès de sa vieille mère. Longtemps, il se plaignait des murs silencieux de son étroite maison, du chagrin en guise de tapisserie et de son ombre jetée sur les murs pour toute compagnie. Lorsqu'un jour d'hiver il nous présenta sa jolie conquête aux yeux bridés, on devinait la fierté dans sa voix qui claironnait désormais à tout le village l'aboutissement de son rêve d'homme. Mot après mot, Maïa avait adopté notre langue et connaissait même quelques répliques en patois pour clouer le bec à certaines cancanières. Je me souviens avoir surpris des paroles échangées, son désir d'enfant, peut-être pour combler les jours d'attente quand son mari partait au loin.

— Je dirai à maman que tu es là. Ça lui fera plaisir.

— Oui, dis-lui que je l'attends.

— Tu sais, tout le temps, quand elle fixe ta maison depuis chez nous, elle a le regard triste. Je pense qu'elle devait beaucoup apprécier ta famille.

— Nous aussi, on l'aimait beaucoup.

Oui, de cela, je suis intimement convaincue.

*Adaptation de la cassette 5, face B*

Au coin de la grange, je bifurque vers le grand champ en empruntant le sentier creusé par le passage de troupeaux et modestement élargi par mon père. Les pâquerettes ont essaimé sur l'herbe tendre des murets au soleil. À leurs pieds, une colonie de pissenlits répand des têtes rondes et cotonneuses. Il suffit de souffler dessus pour réveiller un souvenir de la saison passée, l'impression de flocons légers. Si l'on commet l'imprudence de souffler contre le vent, les petits parapluies poilus reviennent vers nous et s'agrippent à nos cheveux.

Dressé dans la pente, un châtaignier solitaire défie le temps. C'est à l'une de ses branches que mon père avait fixé une balançoire. Les longues cordes permettaient de s'asseoir malgré le terrain incliné, mais surtout de prendre de l'élan en remontant la pente avant de se lancer en hurlant sa joie mêlée de frayeur. Je me souviens de l'impression de voler qui me saisissait alors que le sol se dérobait sous mes pieds. Les jambes tendues à l'horizontale, mon regard se perdait quelque part entre un nuage et un couple d'aigles planant sur la vallée avec majesté. Aspirée en arrière par le mouvement de balancier, mes cheveux fouettaient mon visage incliné vers les herbes dont je rasais les brins avec mes pieds ramassés sous la planche de bois brut. Indéniablement, pendant ces minutes de tangage obstiné, j'étais un oiseau rare et doté de pouvoirs insoupçonnés. Seule la rudesse des cordes liguée à celle de l'assise soumise aux caprices du temps finissait toujours par avoir raison de mes paumes délicates.

Aujourd'hui, du châtaignier pendouille un étrange lambeau : ce qu'il reste de la balançoire, une corde échevelée traînant mollement jusqu'à terre, et un morceau de bois mangé par les intempéries fiché à mi-longueur. Je passe devant en baissant les yeux comme devant un cadavre.

Mes pas me portent jusqu'au hameau de la fillette. Toutefois, impossible de me rappeler la maison où habite désormais la petite Kimi. Est-ce celle-là avec son tas de bois bien rangé sous l'abri ? Ou celle-ci avec du linge qui sèche sur le balcon ? Arrivant en sens inverse, une bêche sur l'épaule, une femme approche. Ce n'est pas Maïa, la Chinoise que je cherchais. Non, cette paysanne sexagénaire avec un fichu noué sur la tête ne m'évoque personne. Elle s'immobilise et me dévisage, l'air méfiant d'un chien de garde. Soudain, elle s'exclame :

— *Boudu*, Tess ? C'est donc vrai ?

Sa voix ne m'est pas inconnue. Pourtant, je peine à recoller les morceaux d'un puzzle indistinct. La fermière s'approche de moi comme pour vérifier ses dires et pose sa bêche à la verticale pour s'appuyer sur le manche.

— Ben alors, t'as avalé ta langue ? Tu ne me reconnais plus, c'est ça ? C'est moi, Ginette. Oh, tu m'en faisais des blagues quand t'étais petite, tu te rappelles ?

Je secoue la tête : décidément, le souvenir de cette habitante se refuse à ma mémoire.

— Eh bé, tu es devenue une vraie demoiselle, dis-moi. Vois comme tu me dépasses maintenant ! J'ai dû bien me tasser.

— J'ai aussi dû bien grandir...

D'un geste, j'effleure la bosse camouflée dans ma chevelure. Sacrée hotte trop basse !

— Viens t'asseoir sur le banc, juste là. T'as le temps de rester un peu ?

Sur ce banc de bois brut caressé par le soleil, quelques bribes me reviennent. Je me revois sur un chemin ombragé marcher à la suite de quelques vaches. Gare à leurs queues quand elles fouettent les taons venus les agacer ! Je peux sentir l'odeur chargée du cuir des bêtes et entendre le tintement mat de leurs cloches. Me revient aussi la sensation exquise des grains de maïs qui se dérobent sous mes doigts quand je plonge les mains dans le seau destiné aux poules. Le goût de la fécule quand par miracle je parviens à en croquer un. Et la cage ouverte des lapins alors que je tente d'approcher leur pelage brun et tremblant.

— Et que deviennent tes parents et ta sœur ?

Comme une porte qui claque, la question de Ginette me tire de ma rêverie. J'hésite un peu :

— Vous... vous n'êtes pas au courant ?

— Petiote, au courant de quoi ?

— Nous avons eu... un accident de voiture. Mon père, maman, Liza... ils sont morts.

Voilà. C'est aussi simple que cela. Brutal, mais simple. Je n'ai jamais pu souffrir les formules ambiguës du style : « ils ont disparu », « ils sont partis », « ils ne sont plus ». Cela me rendait folle. Parce que l'espoir m'avait habité le temps de réaliser que leur disparition, leur départ, leur inexistence signifiait que j'étais abandonnée à ma solitude définitive, que rien ne compenserait leur perte et que le manque ferait partie de moi.

Ils se sont éteints, oui, et sans leur lumière, j'ai plongé dans les ténèbres.

De la bouche de la paysanne sort un « ah » bref et penaud. Puis le silence occupe l'espace entre nous. Juste quelques secondes.

— Moi, je dis, les voitures, c'est criminel de les avoir conçues sans réfléchir d'abord à la sécurité des gens. Avec la vitesse, on s'étonne après qu'il y ait des morts. Tu roules prudemment, au moins ?

Avec maladresse, Ginette vient de me présenter d'étranges et sincères condoléances. Je sens que la personnalité de la paysanne me revient en mémoire. Les inflexions de sa voix réveillent des conversations anciennes, déverrouillent les portes de sensations passées. Et je reconnais alors sa franchise qu'elle ne prend pas la peine d'emballer dans de belles phrases. Vraie maîtresse femme comme on en croise parfois, cette villageoise est modelée par la rigueur de la vie montagnarde. Le soleil lui fait plisser les yeux. Et quand elle tourne le regard vers moi, elle met une main pailletée de terre en guise de visière.

Du fond d'un jardin montent des caquètements. Un autre souvenir m'effleure : celui des œufs du poulailler. Patiente, j'attendais qu'une poule manifestât sa satisfaction d'avoir pondu pour glisser ma main sous son plumage chaud et moite et récupérer l'œuf tout neuf. Délicatement, j'enfonçais mon pouce dans le calcaire encore frais pour imprimer sur la coquille mon empreinte digitale. Lorsque nous quittions Peyreloungo pour rejoindre Toulouse, je savais qu'en découvrant cette trace sur l'œuf Ginette pesterait mais penserait à moi, prolongeant encore un peu ma présence dans ce jardin. Peu à peu, comme après une longue amnésie, je me remémore la petite sauvageonne que j'étais.

— Je viens ici pour voir Maïa et Kimi. Cependant, je ne me souviens plus de leur maison.

— Ah ! Toi aussi, tu les aimes bien, hein ? Elle, discrète et gentille, et courageuse avec ça. Et sa pitchounette, un vrai bonheur ! Nos maisons sont voisines. *Tè*, regarde, là, c'est la deuxième dans le renfoncement. Chez moi, c'est juste devant. Tu vas pas la louper, avec le chantier qu'il y a dans le pré !

Après avoir quitté Ginette, je finis de parcourir la distance qui me sépare de Maïa et Kimi. Jetant un œil vers la maison de la paysanne, je me rends compte à quel point Ginette maudit la tenue singulière du pré dont elle me parlait. Et pour cause : celui-ci est peuplé d'une armée bigarrée de statues en tous genres. Anselme, le mari de Ginette, dont je ne me souviens guère mieux que sa femme, témoignait d'une incroyable dextérité en matière de sculpture sur bois. Fier comme un coq, il exposait ses œuvres : chacune finissait par prendre pied dans son jardin, à moins qu'elle ne fût vendue lors d'un marché. Son épouse le houspillait pour chaque nouvelle réalisation plantée devant la ferme : « *Qu'es baulh ! Ès pas un artiste, paure ! E que m'encombras lo vacant ambe tas besucariás*[1] *!* » Mais ce qui faisait bouillir de rage la brave Ginette, c'était la sculpture de cette femme nue, aux proportions admirables, le visage angélique, les seins ronds comme des pommes, les cuisses fuselées, les fesses fermes et lisses que la cellulite ne tavellerait jamais. Belle à se damner, jeune pour l'éternité, les jambes langoureusement allongées sur le socle, la nymphe redressait son buste en prenant appui sur un bras délicat, cachant d'une main pudique la toison que chaque homme devinait avec gourmandise. Pour faire mine de calmer sa femme qui eût souhaité une créature plus frileuse, tout l'hiver, Anselme recouvrait l'adorable chevelure de bois avec un vilain bonnet rehaussé d'un pompon jaune pisseux. « *Qué ? Ela, al mens, quora decidessi de quicòm, que*

1. « C'est moche ! Tu n'es pas un artiste, pauvre ! Et tu m'encombres l'espace avec tes babioles ! »

*se cala*[1] *!* » rétorquait-il alors à sa femme dont les coutures des robes menaçaient de craquer tant elle bouillait de colère. L'été, un élégant chapeau de paille jetait une ombre avare sur les épaules de la belle immortelle insensible aux piqûres des taons. Face à cette rivale imputrescible, Ginette rêvait d'un chalumeau vengeur…

La maison de Maïa est close. Pour autant, je ne rebrousse pas chemin et choisis de rentrer à Peyreloungo en empruntant un autre itinéraire. Au gré de mes pas, la mémoire se réveille et souffle sur les braises d'un passé endormi.

1. « Quoi ? Elle, au moins, quand je décide de quelque chose, elle se tait ! »

## *Adaptation de la cassette 6*

Ce rêve, cela fait longtemps qu'il n'est pas venu me visiter au cœur de mes nuits. Il s'annonce discrètement, par une sensation : je me balance, nonchalante, sous le vieux châtaignier. Dans la pente du grand champ, les fleurs s'inclinent quand la planche souffle en les frôlant. Avec les jambes, j'imprime un rythme plus dynamique : je veux connaître l'ivresse de l'envol, sentir de nouveau battre mon cœur qui s'est arrêté l'année de mes onze ans. Alors, hargneuse, je force sur les cordes. Elles crissent sur la branche qui se cambre à chaque oscillation. À force de tanguer, mon corps tendu se couche en travers du ciel. Et puis soudain, je crie et, comme l'oiseau, je décolle, les bras écartés. Je quitte la balançoire qui m'enracine sur terre, je m'élève au-dessus du champ et je plane. Je ne tombe pas, non. Tel un aigle appuyé sur un courant, je dérive entre deux mondes, pas tout à fait au sol, pas tout à fait aux cieux. Tiède et tendre, un léger zéphyr se lève et m'emporte doucement. Me déplace. Je vois disparaître le hameau, le village vient d'être englouti par les hauts frênes. Avec mes mains, j'essaie de pagayer, de revenir vers le champ. Mes doigts s'écorchent en tentant d'attraper les frondaisons qui défilent sous mes pieds, en vain. Imperceptiblement capricieux, le vent me transporte contre mon gré, et sur ma peau je sens la fraîcheur de son haleine. Les montagnes disparaissent et c'est une tempête qui m'emmène loin, sans ménagement. Parfois, je virevolte et la tête me tourne. J'ai perdu tous mes repères et à présent, le vent glacial me bleuit les membres. Sous mes pieds défilent les villes grises où la rumeur des moteurs se mêle aux hurlements du peuple.

Combien de fois ai-je fait ce rêve ?

Parfois, l'inverse se produisait : depuis le haut d'un immeuble, je me propulsais dans le vide et alors, en me mouvant comme dans un immense océan, je me dirigeais vers la vallée de Bethmale. Souvent, je pouvais même contempler les détails de ces maisons que je reconnaissais. Néanmoins, le long vol m'épuisait et je devais me poser à Castillon-en-Couserans, où les gens m'étaient étrangers, où personne ne pouvait me conduire quelques kilomètres plus haut à Peyreloungo. Rarement, comme un enchantement, mon énergie me permettait de regagner ma maison où les portes et fenêtres ouvertes indiquaient qu'on n'attendait plus que moi. Et à peine ma mère sortait sur la terrasse, je me jetais dans ses bras comme si j'étais demeurée une petite fille.

Ce matin, alors qu'un soleil humide pointe dans une épaisse écume nuageuse, je gagne la boîte aux lettres située au cœur du village. Quand j'étais enfant, ma mère m'envoyait à la levée du courrier, moi qui aimais tant courir les chemins. Souvent, il n'y avait rien dans la boîte, les lettres nous parvenant à notre domicile toulousain. Toutefois, il n'était pas rare de découvrir avec enchantement la missive d'une connaissance souhaitant partager une expérience inédite. Lire une carte de l'autre bout de la France, voire de l'autre côté de la Terre, revêtait un caractère hallucinant. Ce qui me laissait songeuse, c'était que le charmant rectangle cartonné avait effectué un voyage qui tenait davantage de l'aventure que du banal acheminement. Et la carte avait fini par nous trouver, nous, dans ce coin reculé des Pyrénées, et se joindre à notre exquise impression d'être déconnectés de la fureur de nos vies citadines. Par ailleurs, lorsque nous restions le temps des longues vacances scolaires, les échanges épistolaires se densifiaient, offrant un complément savoureux au téléphone dont nous n'abusions guère.

Remontant la route, Kimi approche, flanquée de sa maman. De loin, la fillette me reconnaît et pointe le doigt dans ma direction.

— C'est Tess ! s'exclame-t-elle, enjouée, en lâchant la main de sa mère pour venir à ma rencontre.

Ne dérogeant pas au constat général, Maïa me paraît bien plus petite et fluette que dans mon souvenir. Toutefois, elle bénéficie de cet étrange don qu'ont les Asiatiques de ne pas marquer leur âge. La peau lisse et ambrée, elle affiche un sourire qui fait disparaître ses yeux dans le pli de ses paupières.

— Tess, tu es une vraie jeune femme à présent !

Les *u* de Maïa sont encore un peu approximatifs, mais dans son timbre perce une joie sincère. En observant la Chinoise, je me remémore la femme menue et discrète qui se déplaçait sans faire de bruit. Ses cheveux comme lustrés arborent aujourd'hui encore la coupe au carré que je lui connaissais. La même frange couronne son front, figurant une visière tracée au graphite sur son regard bordé de poches, vestiges de pleurs étouffés dans l'oreiller.

Provisoirement, je renonce à ouvrir ma boîte aux lettres. Comme on s'apprivoise, nous commençons par parler de tout et de rien, du temps qui passe et des saisons. Puis nous glissons vers les souvenirs qui évoquent l'existence de mes parents, comme pour se rassurer que nous avons bien quelque chose en commun. J'essaie de préserver un peu de légèreté dans nos échanges :

— Maman en avait marre du lave-linge dans la grange. Cela dit, ce lave-linge avait été en soi révolutionnaire. Avant son arrivée, ma mère lavait tout à la main, avec l'eau qui bouillait dans la cheminée ; et elle rinçait notre linge au torrent, comme autrefois ! L'été, j'ai même tordu les draps avec ma sœur pour les essorer. Je riais parce que l'eau me chatouillait en glissant sur mes avant-bras...

*Et le goutte-à-goutte me piquait presque la rondeur du coude...* Aussitôt, d'autres souvenances émergent et se déroulent comme la laine filée sur un vieux rouet. Avant de pendre les draps mouillés au fil à linge, nous les secouions vigoureusement. Se créait alors un pulvérisateur naturel qui déposait une bruine légère sur mes cheveux... Et me reviennent en mémoire les jeux entre les fils à linge lorsque les draps composent un labyrinthe mouvant et odorant... *Tu ne m'attraperas pas !...*

— Ta mère avait bien fait d'insister beaucoup, renchérit Maïa, faisant nasiller les sons vocaliques avec poésie. Il ne faut pas négliger le moderne confort.

À ses côtés, Kimi se dandine et essaie de prendre part à nos échanges.

— Tu reviens quand ?

— Probablement le week-end prochain. Je n'ai pas encore commencé à ranger la maison. Pourtant, elle en a grand besoin.

— Je pourrai venir t'aider.

— Oui, Kimi, tu viens à Peyreloungo quand tu veux.

— C'est donc vous qui avez acheté la maison ?

Je sursaute et pivote vers la voix masculine inopinée. Un homme, que je n'avais pas vu arriver, a rejoint notre conversation. La trentaine, les vêtements impeccables, ce nouvel interlocuteur a des allures de businessman et le physique d'un écrivain suédois : mains lisses et raie sur le côté pour mettre en valeur la souplesse de sa frange longue et blonde. Kimi corrige :

— La maison n'a jamais été en vente : c'est Tess.

— Tess, la sœur de Liza ? doute le businessman en plissant ses yeux clairs pour mieux m'identifier.

Je hoche la tête, vaguement déstabilisée par cet inconnu qui manifestement me connaît un peu. Ou, du moins, a connu ma sœur. Après tout, il semble plutôt appartenir à la même tranche d'âge que mon aînée. Néanmoins, les mécanismes de ma mémoire se mettent en branle pour identifier ce visage oublié. Je me concentre sur ses mots.

— Votre mère était fan d'auteurs anglais, si je me rappelle bien. C'est la raison de vos prénoms : Tess, de Thomas Hardy, Liza, de Somerset Maugham.

Un érudit ? Voilà sans doute une piste. Je saute sur l'occasion :

— Je l'ai échappé belle : j'aurais pu être affublée du prénom Arabella.

— Arabella ? répète l'homme, l'air dégoûté.

Patatras ! Je viens de rater mon petit effet. Je développe :

— Arabella, la paysanne équivoque qui épouse Jude.

— Jude ?

*Jude l'Obscur*, de Thomas Hardy. Décidément, je m'enfonce. Une fois le baccalauréat en poche, j'ai dévoré la collection de romans de ma mère avec probablement le même appétit qu'elle en son temps.

J'ose un regard contrit vers mon interlocuteur dont le nom refuse de faire surface. Pourtant, sa présence singulière taquine des souvenirs engloutis et agace mes neurones qui patinent lamentablement. Quelque chose dans son physique ne m'est pas étranger. Alors que je me mords la lèvre, ses iris s'égarent quelque part entre le turquoise et le cristal.

*Un sacré bel homme au village ! Comment ai-je pu effacer son identité ?*

Maïa me tire de l'embarras :

— Ce qu'Éric veut te dire, c'est que vos prénoms, à ta sœur et à toi, on ne les peut pas oublier, tu comprends ?

Ça y est, avec ce nouvel indice, je sens que les morceaux se recollent.

— Éric... Éric du Castel ?

— C'est ça. Tu m'excuseras : je me souviens davantage de ta sœur. Et d'ailleurs, que devient-elle ?

— Elle... Tu...

Je comprends que je vais devoir m'y faire : par ici, personne n'est au courant de la tragédie. Comment interrompre un échange gai et léger par une annonce funeste ? Naïvement, Maïa surenchérit :

— C'est vrai ça : tes parents arrivent quand ?

Mon regard effectue un va-et-vient désemparé entre les deux protagonistes. La mine réjouie de Maïa contraste avec le sourire piteux qui s'efface sur les lèvres d'Éric. Ce dernier doit commencer à percevoir que quelque chose cloche et son visage redevient sérieux. Alors un souvenir éclate dans ma tête et illumine une zone d'ombre que je ne parvenais pas à concevoir. Avec netteté, je me revois dans la chambre de Liza, toutes deux sur son lit. Elle me disait combien elle le trouvait beau et tendre, drôle et intelligent, fort et attentionné. Moi, je m'étonnais, ayant du mal à suivre ce monologue qu'elle susurrait pour ne pas qu'on nous entende. Enjouée, elle me relatait cette dernière rencontre, ce baiser échangé qui m'avait arraché un « berk ! » dégoûté, cet espoir qui naissait, insensé. Elle était amoureuse et s'agitait de grands gestes silencieux. « C'est un secret ! » concluait-elle en posant un index sur sa bouche. Et dans son regard agrandi par ce sentiment que j'ignorais brillait le bonheur d'être l'unique, l'élue qui plane au-dessus de la foule des éconduites. Oh oui, je me souviens parfaitement de cet étalage qui m'émerveillait tant il me plongeait dans la perplexité : ma sœur avait un amoureux, ici au village, et il portait le prénom de celui qui me dévisage gravement à cet instant même.

Indécise, je finis par poser mon regard sur la frimousse de Kimi : son sourire s'est envolé et sa mine soudain grave m'indique qu'elle pressent ce que je vais annoncer. Comme si le fait d'être orpheline l'une et l'autre, même s'il lui restait sa mère, une mère dont le chagrin prenait beaucoup de place, permettait de se comprendre à demi-mot. Avec prudence, alors que mon cœur est encore en convalescence et le sera jusqu'à la fin de mes jours, j'annonce ce qui me faisait hurler de douleur autrefois :

— Maïa, nous avons eu un affreux accident de voiture, il y a douze ans. La voiture... Mes parents... Enfin, il n'y a que moi qui ai survécu.

*J'ai survécu, oui, malgré le vide sidéral du manque.*

Dans le regard de Kimi soudain rivé aux cils de sa mère, je lis une grande inquiétude. Comme dans un flash, une image s'impose : Maïa, les joues labourées de larmes, assise à notre table, mes parents tentant de la consoler tandis que le rêve de vie qu'elle caressait ne cessait de se dérober. Alors j'imagine sans difficulté la jeune fille de vingt ans à peine arrachée à son pays, ramenée comme un trophée dans ce bout du monde où on la regarde comme une bête de foire, ce sentiment de n'être qu'une étrangère reléguée par les mines suspicieuses des voisins, l'abandon régulier dont elle souffrit chaque fois que son mari repartait en mission. J'apprendrai même plus tard qu'en raison du décès de sa mère elle avait été carrément vendue par son père, un paysan autoritaire et aigri du nord de la province de Hedei, pas très loin de Pékin. De sa famille, elle ne reçut plus aucune nouvelle, comme si son existence s'était interrompue à son départ.

Les yeux trop étroits de Maïa s'emplissent de larmes. En s'efforçant de parler tout en bridant ses émotions, son accent chinois devient plus évident :

— Où… où ils sont enterrés ? À Toulouse ?

— Non, à Bordeaux, dans le caveau familial. Je ne saurai même pas le retrouver, ce caveau. Je n'ai pas le culte des morts.

Maïa se mouche le bourgeon épaté qui lui sert de nez et fourre son mouchoir dans sa manche. Une gêne s'empare d'Éric qui tord la bouche :

— Je suis désolé. Pour nous tous ici, vous étiez juste partis, sur un coup de tête. Et… plus rien…

Il est sur le point d'ajouter quelque chose, puis, en avisant Maïa secouée par ma nouvelle, il renonce. Je comble le silence gêné :

— Vous ne pouviez pas deviner. Ce n'est pas grave.

Je ne pensais pas devoir affronter ce cauchemar encore : revivre la mort des miens en l'annonçant à tour de bras, après toutes ces années. Un scoop glauque et réchauffé comme une vieille soupe dont je me serais bien passée. Et l'aiguille de la honte revenant tenailler une plaie à peine refermée. Cela gâche mon retour à Peyreloungo et je n'ai qu'une hâte : refermer la maison et rentrer dans mon studio à Toulouse.

## *Adaptation de la cassette 7*

Dimanche soir, à mon retour à Toulouse, je dépose mes affaires, dîne sur le pouce et quitte mon studio pour me rendre dans les entrailles de l'immeuble.

Il fait noir comme dans un tombeau dans ce long couloir aveugle. Je n'aime pas m'aventurer dans le local des celliers mais, aussi sûr que le chant des sirènes, un doute taquine ma conscience. C'est la raison de ma présence dans cet espace qui ressemble au corridor d'une prison médiévale, avec son enfilade de cages au fond desquelles les résidents de l'immeuble stockent tout ce qu'ils ne peuvent pas conserver dans leur appartement. Peu rassurée par les performances des ampoules qui diffusent une lumière avare, je ne m'y rends jamais sans une lampe de poche, au cas où. Là, à genoux, j'inspire un bon coup avant d'ouvrir une caisse, les mains tremblantes. Depuis ma rencontre avec Éric, quelque chose me chiffonne et je veux en avoir le cœur net. Aucun doute, cet homme exerçait sur ma sœur un certain pouvoir de fascination. Moi-même ne l'ai-je pas trouvé plutôt agréable à regarder, si différent des créatures que l'on rencontre par chez nous ? Avec ses pommettes hautes, son teint d'albâtre et sa silhouette élancée, Éric dégage un charme slave qui doit faire bien des dégâts dans son entourage.

Plus qu'une simple inspection, je fais subir à la caisse de ma sœur une véritable fouille sauvage. Fébrilement, je cherche un journal intime quelconque pour vérifier le doute qui me procure une sensation de gâchis : Liza avait-elle bien éprouvé pour Éric des sentiments amoureux ? Était-ce bien réciproque ? Il me semble que je connais déjà les réponses, mais je conçois le besoin de mettre mes hypothèses à l'épreuve des faits.

Dans les fictions, il subsiste souvent une trace, un écrit griffonné sur un carnet, et le héros finit par mettre la main dessus afin de découvrir le secret que le défunt dissimulait avec soin. Pas dans la vraie vie. À l'évidence, personne ne consigne sur un bout de papier, avec une application suicidaire, le moindre mystère, les ultimes confidences qui permettraient de mettre enfin au jour les vérités compromettantes.

Me voilà en train de souiller les affaires de ma sœur en quête d'un journal intime qui, je le sais, n'a jamais existé. Hormis un agenda scolaire qu'elle avait customisé, rien d'autre n'ouvrait une fenêtre plus personnelle sur son existence. C'est moi qui ai disposé tout cela dans ces espèces de cercueils. C'est moi qui ai tenu à recueillir tout ce qui me semblait indispensable à mon deuil, tous ces menus détails qui n'avaient pas toujours de sens pour moi. Il fallait vider l'appartement de mes parents, certes, mais j'avais tenu à assister mes grands-parents pour emporter un peu de ceux qui allaient me manquer pour le restant de mes jours. Je n'avais que onze ans et je me suis accrochée à cette idée que mes parents et ma sœur avaient laissé un bout de leur vie dans leurs objets du quotidien. Toutefois, il me fallut trier à la va-vite le buffet du séjour, emporter le flacon de parfum de ma mère sur un moment de lucidité, et renoncer à sonder la chambre de mes parents, une zone interdite pour l'enfant que j'étais. Seul l'univers de Liza avait bénéficié d'une analyse presque réfléchie.

Aussi loin que je me souvienne, ma sœur avait toujours suscité mon admiration. De sept ans mon aînée, je la considérais comme un modèle à suivre, une idole à imiter. J'en garde un souvenir précis de grâce et de beauté naturelle, avec ses longs cheveux lisses alors que les miens longtemps gardèrent les boucles de l'enfance, sa silhouette insolente de jeune fille en fleur, sa prestance et son assurance soulignées d'une féminité farouche. Longtemps, j'héritais de ses tenues et cela m'agréait parfaitement. J'acquérais ainsi l'impression de lui ressembler vaguement, de m'approcher de la perfection incarnée. J'ai conscience à présent que la mode était le dernier souci de mes parents qui n'hésitaient pas à me faire porter des pantalons élimés, des robes au tissu couvert de bouloches, des chemisiers aux couleurs passées. À la mort de Liza, sa garde-robe fut donnée à des chiffonniers, une décision de mes grands-parents. « Tu ne vas pas mettre ces affreuses guenilles ? » s'indignait ma grand-mère. S'ouvrirent alors pour moi des années d'incertitude en matière vestimentaire, de précarité affective, de quête identitaire.

Mes doigts s'emparent d'une poche plastique. Je l'ouvre pour constater que son contenu demeure inchangé depuis toutes ces années : ce sont les articles de maquillage collectionnés par ma sœur. Je les avais rassemblés dans ce sac à l'effigie de la pharmacie du quartier. Après une vérification rapide des flacons et boîtiers, j'écarte l'ensemble en le posant par terre. C'est alors qu'un geste me revient. Troublée, je saisis à nouveau la poche et contemple la croix verte qui s'étale sur ses deux faces.

Cela met un temps d'une cruauté monstrueuse, mais peu à peu l'épisode émerge.

Ce jour-là, tandis que mes grands-parents inventoriaient la vaisselle de mes parents dans cet appartement à démeubler, j'étais seule dans la chambre de ma sœur. En tombant sur sa panoplie de maquillage, l'envie de tout garder avec moi m'avait étreinte douloureusement. Dans la précipitation, je cherchais quelque chose pour emporter ces menus éléments épars disposés sur la petite étagère. En ouvrant le tiroir du bureau, je découvris cette poche de la pharmacie. Elle contenait une espèce de thermomètre qui ne présentait aucun intérêt. Après un rapide coup d'œil à la chose sous toutes ses coutures pour déterminer son poids sentimental, je la jetai dans la poubelle et, heureuse de ma trouvaille, j'enfournai le maquillage de ma sœur dans le sac qui grésille à cette heure entre mes doigts.

Mon cœur bat plus fort quand je repasse cette séquence au ralenti. Pour vérifier si mes doutes sont fondés, je m'empare de l'agenda et le feuillette vigoureusement : septembre, octobre... les mois défilent et, de manière infaillible, le signe apparaît. Jusqu'en mars.

J'en suis persuadée à présent : cet objet que j'avais mis à la poubelle n'était ni un thermomètre ni un gros stylo. Pour moi, il représentait un mystère. Je m'en étais débarrassée car j'avais acquis la certitude qu'il ne m'évoquerait jamais ma sœur disparue. Cette chose inconnue que j'avais fait pivoter, que j'avais analysée avant de prendre la décision de la jeter, j'avais eu le temps d'apercevoir une case d'un centimètre carré creusée sur une face. Et au centre de cette minuscule fenêtre énigmatique, un trait vertical en croisait un autre horizontal.

Les signes à l'encre rouge portés sur chaque mois.

Et cette petite croix dans la fenêtre du lecteur.

Une trace, anodine, juste le contraire de « négatif ».

*Oh, Liza...*

Le cœur battant comme un tambour, je m'assieds devant la caisse, la poche collée à ma main et un doigt coincé dans l'agenda à la page des dernières règles de ma sœur.

Une phrase lâchée comme un boulet claque dans ma tête. « Tu imagines les conséquences, hein ? » hurlait ma mère dans l'habitacle de la voiture peu avant la collision. La voix de mon père peinait à être audible tandis que celle de Liza frôlait l'hystérie.

Elle allait sur ses dix-huit ans. La vie devant elle.

Malgré l'agitation nocturne de la ville, les heures s'égrènent, imperturbables. Ce soir, le sommeil ne me cueillera pas. Allongée sur mon lit, les yeux grands ouverts, ma mémoire subit la morsure d'un épisode de mon enfance. Chaque détail à présent m'assaille, entêtant, comme un remords vivace.

Comme si c'était hier, je pourrais vous décrire ce bel après-midi d'été où je m'étais encore passée de l'autorisation de vagabonder à travers le village. Frêle et légère, je me faufilais partout, accrochant parfois ma robe en coton sur les ronciers. Ce jour-là, je n'avais pas dix ans, je crois, mes pas m'avaient conduite dans le hameau dominé par le Castel, où vivait la famille d'Éric. Paresseusement, le sentier arboré montait dans la lumière chatoyante filtrée par les noisetiers aux feuilles tremblantes. Avec une précision étonnante, je me souviens de l'odeur des pivoines qui m'avait attirée depuis l'alcôve boisée. Pour en collecter une brassée et l'ajouter au bouquet de fleurs des champs que j'avais confectionné afin de me faire pardonner mon retour tardif auprès de ma mère, il me suffit d'enjamber une murette en pierre sèche. Happée par ma tâche et enivrée du parfum des fleurs que je dérobais, je ne prêtais pas attention à l'ombre massive qui m'observait. Au moment de me redresser pour quitter le jardin où j'accomplissais mon larcin innocent, je l'aperçus et, instantanément, mon sang reflua. Un énorme chien de race indistincte m'épiait depuis le début. Dès que je fus debout, il retroussa ses babines et un grognement sourd se faufila entre ses crocs acérés.

Je demeurai pétrifiée, n'osant expirer le moindre souffle. Lorsque le molosse avança une de ses grosses pattes et aboya furieusement, je poussai un cri strident et, laissant là mon butin fleuri, enjambai la murette et me mis à courir sur le chemin. Je n'avais parcouru que quelques mètres quand je sentis l'haleine du chien s'approcher inexorablement. C'est là que, tombant du haut mur qui soutenait le jardin en terrasse du Castel, Éric était soudain apparu. Dans mon élan, et portée par la pente, je ne m'arrêtai pas. S'armant d'un caillou, l'adolescent visa l'animal. Le projectile fit mouche dans le flanc du chien qui lâcha une plainte. Me croyant sauvée, je stoppai ma fuite et me retournai pour apercevoir derrière moi le chien statufié de surprise et, quelques pas plus loin encore, Éric qui déjà ramassait un deuxième caillou. Nullement impressionné, le chien de garde, borné, s'apprêta à reprendre sa poursuite. Tétanisée, je levai une pauvre main devant ma figure en guise de bouclier. Un caillou lancé avec plus de force atteignit le monstre canin et le glapissement fut plus douloureux. Battant en retraite, l'animal rebroussa chemin en trottinant, et surtout en évitant soigneusement de passer trop près d'Éric. D'abord méfiant, mon sauveur ne perdit pas le chien du regard.

— Retourne chez toi, Farou ! le somma-t-il.

Puis il descendit le sentier à ma rencontre tandis que j'essuyais mes larmes furtivement.

— Ça va ? Tu n'as rien ? fit-il en se penchant pour se mettre à ma portée.

Les yeux mouillés, je secouai en signe de déni ma tête baissée. Doucement, Éric posa sa main sur ma joue pour que je lui présente mon visage. Je devais être livide, les yeux soulignés d'un liseré rouge, les joues décorées de la trace sale de mes larmes. Du myosotis, telle était la couleur du regard planté dans le mien, le souci sincère et la compassion le colorant d'une nuance indéfinissable, magnétique.

Inclinant la tête, Éric s'aperçut que j'avais un pied nu.

— Tess, où est ton autre espadrille ?

— Je crois que je l'ai perdue, là-bas, je répondis en pointant mon doigt vers le haut du chemin.

— Reste là, je reviens tout de suite.

— Non ! Ne me laisse pas ! S'il revient, il...

Indubitablement, le molosse était parvenu à imprimer en moi une crainte incoercible de son espèce. D'abord surpris par ma réaction, Éric fronça les sourcils en avisant son tee-shirt fripé dans mon poing serré. Puis il se courba, glissa ses mains sous mes aisselles, me souleva comme si je ne pesais pas plus qu'un chaton et me déposa au sommet du mur derrière moi.

— Là. D'où tu es, il ne pourra pas t'atteindre. Maintenant, attends-moi.

Dans le virage, il disparut à mon regard. Remontant les genoux, je restai perchée telle une forteresse sur un piton rocheux. Un aboiement de protestation se fit entendre. Craintive, j'enserrai mes genoux de mes bras fins. Enfin, Éric revint, les cheveux irisés de fils d'or, le bouquet dans une main, l'espadrille dans l'autre. Déposées à terre, les fleurs s'étalèrent avec souplesse. Alors Éric me saisit la cheville et, me glissant la sandale de toile, il me taquina :

— Voilà, Cendrillon. Et maintenant, file vite, ajouta-t-il en me faisant descendre du muret.

De cette mésaventure, je garde une peur délirante des chiens, relayée par les loups qui habitent les contes pour enfants. Néanmoins, à cette heure précise, je ne parviens pas à me rappeler les traits exacts de mon jeune défenseur et cela m'agace. Il devait déjà être beau, au dire de ma sœur, mais à mon âge ce genre de détail ne m'impressionnait guère. Seules la couleur singulière de ses yeux et la blondeur de ses cheveux sont demeurées gravées dans ma mémoire.

* *
*

*Fin de la cassette 7*

*[...] Plus j'y réfléchis, plus je me persuade que j'ai raison. Grâce aux marques rouges dans l'agenda et au calendrier des congés scolaires de l'époque, je peux deviner que ma sœur a dû coucher avec Éric pendant les vacances de Pâques.*

[Silence plus claquement de la langue.]

*Cela voudrait dire qu'au moment de l'accident elle était enceinte d'au moins... cinq semaines.*

*Ah non, c'est vrai, je crois qu'il faut ajouter les jours qui séparent du début des dernières règles.*

[Bruit de pages qu'on tourne.]

*Donc cela fait un total d'environ sept semaines. Oui, c'est ça : entre sept et neuf semaines. Je ne sais pas si ça fait gros comme fœt... enfin, je veux dire...*

*Pff, ça craint.*

*Elle a dû patienter un peu en constatant qu'elle avait du retard.*

*Peut-être qu'une semaine après elle a acheté le test de grossesse.*

*Quant à l'annoncer à nos parents, elle a certainement réfléchi encore quelques jours. Dans les années 1970, ce genre de surprise, c'était la honte.*

[Nouveau silence brisé par le moteur d'une Mobylette. Quand le bruit finit de décroître, la voix reprend.] *Ce bébé, que voulait-elle en faire ? La récente loi Veil ne se digérait pas trop bien dans la société française. C'est jusqu'à combien de semaines qu'on a le droit de... ?*

*Et Éric, était-il au courant pour le... de l'état ma sœur ?*

*La vache, quand même, c'est dingue comme il est beau, ce mec. Elle avait du goût, Liza... N'empêche, il va falloir qu-* [sshhh-sshhh-sshhh-tac.]

## *Adaptation de la cassette 8*

Désert sentimental. Voilà à quoi je pourrais résumer la première tranche de ma vie. Très vite, je compris qu'errer d'un foyer à l'autre ne permettait pas la naissance et, surtout, la survie d'une relation amoureuse.

Mon premier chagrin d'amour eut lieu en classe de sixième. À peine le temps de me faire remarquer que je changeais de collège. Je mesurai alors l'abysse de la mélancolie solitaire, taisant ces émotions coupables, rejouant des scènes vécues pour chasser mes nuits blanches, inventant des retrouvailles improbables sous le soleil d'été. Lorsque deux ans plus tard je revins sur les lieux de cet amour frisquet, le garçon était devenu un adolescent d'une arrogance méprisable, enterrant à tout jamais le blondinet plein de malice qui pétillait devant la classe. Au lycée, l'inverse se produisit. Un jeune me fit une cour assidue à laquelle je préférai ne pas donner d'espoir. Pourtant, me sentir désirable et désirée m'autorisa quelques écarts. Comme lorsque je laissai planer le doute en ne répondant pas tout de suite à un mot qui me parvint en cours de français. Ou bien la fois où je déclinai le modeste présent qu'il avait ramené d'un bref séjour en Grèce.

Une aventure de vacances en colonie d'été dans le bassin d'Arcachon me permit d'accéder au velouté d'une étreinte consentie, plus par curiosité que par nécessité. L'odeur de résine des pins fredonnait un délicieux canon avec l'huile de coco. Le sable doux devenait piquant au retour de la plage, m'avertissant déjà qu'il fallait laisser au bord de l'écume le moindre coquillage dérobé. La veille du départ, un baiser en catimini, plein d'appréhension et de promesses avortées, offrit à ma langue le goût salé d'un nouvel abandon.

Mon entrée à l'université sonna le glas de tout romantisme. Je ne pouvais me permettre de redoubler et risquer de perdre mes droits aux bourses, sans lesquelles un minimum de stabilité matérielle s'évanouirait. Mes grands-parents venaient de décéder, à quelques mois d'intervalle l'un de l'autre, me propulsant avec violence dans l'âge adulte.

Ainsi, de ces expériences chastes et interrompues avant même de s'épanouir, je ne gardais qu'inconstance et désolation.

À l'inverse, Liza, de son vivant, semblait courir d'un amour à l'autre comme on enfile des perles. Son physique avenant et sa gaieté communicative lui attiraient une liste de courtisans longue comme l'Amazone. Il m'est même arrivé de confondre parfois un nouvel amour avec le précédent, jetant la confusion. Ainsi, un beau jour, avec la candeur infernale de mes huit ans, je lançai un « Bonjour, Alex ! » à l'adolescent qui corrigea : « Non, moi, c'est Steph. » À la suite de cette déconvenue, ma sœur prenait soin de me faire répéter le prénom du nouveau prétendant avec un zèle coupable.

Là, debout dans l'encadrement de la chambre de Liza à Peyreloungo, je n'ose franchir le seuil pour ouvrir les volets. Depuis ma découverte, la sensation prégnante d'avoir mal agi ne me quitte pas. Comme lorsque j'étais enfant, j'entends mes parents me réprimander pour avoir voulu me mêler de ce qui ne me regardait pas. J'entends ma sœur s'offusquer en constatant que j'avais fouillé dans ses affaires et découvert son secret. Dans mon cœur, je redeviens la petite fille qu'on gronde et qu'on envoie dans un coin pour réfléchir à ses agissements.

Soudain, je relève la tête et j'affiche un front buté. J'ai passé l'âge de recevoir des sermons. Et puis ce n'est pas moi qui ai commencé ! Alors, d'un pas résolu, je traverse la chambre pour atteindre la fenêtre derrière laquelle, même les volets clos, on entend le torrent dévaler la pente du grand champ. Par le carré à présent ouvert se déverse la lumière fraîche du matin. Un instant, je m'appuie sur le bord, contemplant la danse lente des feuilles dans le châtaignier. Cette chambre donnant sur le soleil levant avait suscité l'envie de ma sœur, ce qui m'agréait car on m'avait ainsi octroyé la chambre avec vue sur la montagne. Désormais, je doute des intentions poétiques de Liza : cette fenêtre ouvrant sur le toit en pente douce de l'appentis, où l'on abritait les bûches pour le feu, lui permettait de s'échapper de la maison sans être repérée. Par exemple pour rejoindre un amoureux clandestin. Difficile dès lors d'oublier ces pas feutrés qui me réveillaient la nuit, le grincement ponctuel du volet de la chambre mitoyenne à la mienne, le craquement des ardoises de l'appentis et, des heures durant, sous la lune pleine, le chant du torrent si proche qu'il semblait couler sous mon lit.

Tournant le dos à la fenêtre, j'observe cette pièce dans laquelle j'étais souvent invitée pour des parties de chatouilles, pour jouer au jeu des sept familles ou pour « papoter entre filles », excuse que fournissait Liza en fermant la porte au nez de mes parents. Comme j'aimais bénéficier de ce privilège ! Moi qui admirais tant ma sœur, j'avais le sentiment qu'elle me transmettait son assurance, son intelligence et ses succès. Tel un tuteur pour une jeune pousse, elle m'aidait à grandir. Pourtant, pas une fois elle n'avait évoqué avoir cédé à un garçon. Elle me protégeait, bien sûr, préservait mon innocence. Comment n'ai-je rien vu venir ? Pourquoi n'ai-je pas senti qu'elle avait changé, qu'elle était tourmentée ? Car n'a-t-elle pas été déstabilisée en se découvrant enceinte ? De n'avoir pas su se prémunir contre le piège de l'amour pressé ?

Il faut que je me change les idées. Dehors, le soleil aiguise ses rayons et m'appelle. Alors, ce week-end, le jardin fera l'objet de toutes mes attentions.

Après deux heures à faucher l'herbe devant la maison et dans le chemin, imitant les gestes amples que mes parents effectuaient, je fouille la grange pour dénicher un râteau afin de rassembler les brins de la terrasse et éviter que des serpents s'y faufilent. Dans cette grange au sol en terre battue, où des franges de foin pendent encore aux poutres, se côtoient les outils anciens et les dernières acquisitions de mon père. Dans ce parfum de grotte mêlé à la senteur du bois poussiéreux, chaque espace est organisé par thème : ici, le travail de la terre, avec les pelles, râteaux, bêches et binettes en tous genres ; là, celui de l'herbe, avec faux, faucille et large râteau de bois. Attention à ne pas faire tomber la barre à mine qui se confond avec les manches dans la pénombre de ce recoin ! Dans un autre espace s'entasse tout ce qui concerne les travaux, avec sacs de ciment, truelle, planches et scie sauteuse. Dans un angle se trouvent les coins pour fendre le bois, une hache qui me terrorisait, trois scies dont une à bûches avec son manche en forme d'archet et une scie passe-partout qui brisait les reins de ma mère. La tronçonneuse était demeurée un vague projet que mes parents n'avaient pas eu le temps de concrétiser. En appui contre la pierre du mur, la brouette semble clouée par quelque mauvais sort. Comme elle grinçait, cette brave brouette ! Quand mon père commença de creuser le chemin pour la voiture, elle couinait gaiement le matin lorsqu'il s'éloignait sous les châtaigniers. Le soir, les plaintes fatiguées gémissaient en gravissant les derniers mètres. Ce qui n'empêchait pas mon père de me déposer dans la caisse pour offrir un ultime tour de carrosse à sa petite princesse... Enfin, près de l'entrée pour bénéficier d'un bain de soleil quand on laisse la porte ouverte, la zone de l'établi rassemble clous et marteau, lime et pinces, rabot et tournevis. Le lave-linge s'appuie contre lui, la surface recouverte de poussière. Au fond, sous l'échelle de meunier qui nous était défendue, le parasol, les canisses et les chaises longues.

De simples objets immobiles et silencieux. Et pourtant, leur présence ranime des gestes, des odeurs et des sensations que je croyais avoir oubliés.

En fin de journée, je m'engage sur le sentier où domine l'odeur de l'herbe fraîchement coupée. D'un bon pas, je gagne le hameau où vivent Maïa et le couple de fermiers. De temps à autre, je tends la main vers les murets de pierre sèche où les fraises des bois ont élu domicile. D'autres souvenirs affluent alors que le petit fruit cède sous ma langue. Promenades avec ma mère et cueillette de baies sauvages dont elle était friande. Dans un pré le long du chemin, un tintement familier me fait tourner la tête : des vaches se régalent d'herbe tendre sous l'ombre encore hésitante de quelques noisetiers. Je me rappelle alors qu'autrefois chacune des vaches du mari de Ginette était baptisée d'un nom d'actrice. Ainsi, il y avait Marilyn, mais aussi Grace, Brigitte ou bien Michèle, une Gasconne, dont il prenait la tête entre ses mains pour lui susurrer : « T'as d'beaux yeux, tu sais ! » Je riais aux éclats alors que ces stars du cinéma m'étaient inconnues. Plus tard, au détour d'un extrait de film transmis à la télévision, je souriais en apprenant l'existence de ces femmes célèbres du septième art. Ce brave fermier à l'humour cocasse, je l'imitais, suscitant sur son visage bistre une vague de rire mêlée de fierté tandis que je débitais quelques-uns de ses jurons préférés : « Pistouille ! », une exclamation qu'il avait inventée, « *Sadol !* » quand il en avait marre et « *Colhon de la luna* », que je m'interdirai de traduire et qui qualifiait quelqu'un qui n'avait pas toute son estime.

« *Couillou-dé-la-luno !* » je répétais, hilare.

— Tu n'as pas honte d'apprendre ces horreurs à une fillette ? le grondait Ginette.

— C'est qu'elle a l'ouïe fine, la pitchounette... faisait mine de s'étonner le facétieux personnage.

Parvenue devant la demeure de Maïa, j'éprouve une nouvelle contrariété : la porte et les fenêtres sont closes. Encore. Je ne saurai définir ce qui me pousse à venir vers cette douce Chinoise. La sensation de me rapprocher de mes parents qu'elle a si souvent fréquentés, probablement. Du baume sur la plaie qui met trop de temps à cicatriser.

En remontant le chemin, je traverse une étrange exposition à ciel ouvert constituée de statues en bois plus ou moins patiné, plus ou moins agressé par l'usure du temps. Les fameuses sculptures du mari de Ginette. Je m'attarde un peu pour les observer de plus près. Chacune d'elles est d'un réalisme saisissant. Et d'une poésie touchante, révélant sans aucun doute l'âme sensible du brave fermier, ses rêves les plus secrets. Ce jardin, comme peuplé de gens jouant à « un, deux, trois, soleil ! », fait jaillir de terre les chimères les plus enfouies du paysan.

Puis je me tourne vers la vieille bâtisse. La porte grande ouverte offre aux visiteurs l'illusion d'être attendus. Je toque pour annoncer ma présence.

— Entrez ! fait la voix autoritaire de Ginette depuis la pièce principale. Ah, c'est toi, Tess ! *Boudu*, ne regarde pas le désordre.

Et aussitôt, elle me tourne le dos pour regagner la cuisine, où elle s'affaire.

Une odeur écœurante m'enrobe ; cela sent l'ail et la charcuterie. Mais il plane aussi dès le hall d'entrée un parfum plus sucré. J'avance un peu à l'aveugle, le temps que mes yeux s'accoutument. La table a disparu sous un tas de victuailles où se côtoient les légumes du jardin, les reliefs d'un repas inachevé et une boîte de pâtée pour chat à moitié consommée. Une fraction de seconde, l'idée que Ginette en ait fait son repas me traverse l'esprit comme un courant d'air sournois. Me tournant le dos, elle s'active devant une bassine en cuivre posée sur la gazinière.

— Faut pas rater la cuisson : les fraises, c'est délicat. Mais assieds-toi donc, sinon tu vas grandir encore.

— Je ne suis pas fatiguée, Ginette. Je peux t'aider, peut-être ?

Je m'aperçois que je viens de tutoyer la paysanne, ainsi que je devais le faire autrefois. À l'affût d'une réprobation, toute mon attention se porte vers cette silhouette touillant la confiture en ébullition à l'aide d'une cuillère en bois.

— Je connais mon affaire.

À l'évidence, le tutoiement n'a pas chiffonné la femme ficelée dans un tablier sombre. Cernée par la présence immuable du mobilier hérité des générations passées, je m'avance vers l'âtre où agonise un feu superflu. Le manteau de cheminée est encombré de cadres de photos, de bouquets fanés, d'objets anciens et certainement désormais sans utilité comme ce fer à repasser en fonte ou ce *calelh*[1] posé en

1. Petite lampe à huile que l'on suspend à un crochet.

équilibre. Ce que je n'ose demander depuis mon arrivée au hameau me saute aux yeux : un portrait du mari de Ginette trône au milieu de clichés aux couleurs fanées. Anselme est mort, comme me le laissait comprendre l'anneau aperçu au bout d'une chaîne pendant au cou de sa veuve. Je détourne les yeux du visage figé sur papier glacé et mon regard glisse sur l'amoncellement de curiosités hétéroclites. Dans la maison montagnarde des simples gens, les couches temporelles fusionnent dans une harmonie subtile. Rien n'est jeté car tout peut servir un jour. Ainsi, ces demeures finissent par ressembler à de vénérables musées paysans, laissant posés là contre le mur de la grange les derniers outils oubliés, étalant les objets du quotidien sur une étagère en hauteur ou rangés dans un coin poussiéreux. Je crois que j'ai toujours aimé cet attachement aux ustensiles et instruments démodés. Cette exposition involontaire leur rend un dernier hommage, confirme leur beauté et assure la présence des êtres qui nous ont quittés.

Ainsi me trouvé-je presque nez à nez avec la pipe d'Anselme gisant sur le manteau de la cheminée. Couché sur le flanc, comme plongé dans un sommeil éternel, le fourneau m'offre son ventre carbonisé. Aiguillonnée par l'envie irrépressible de raviver le souvenir du vieil homme, j'approche mon visage et hume les vestiges d'un moment à jamais évaporé. Aussitôt, l'objet que je croyais indolent se révèle inerte, privé de ce parfum de tabac blond qui autrefois signait son usage et la présence du brave paysan.

J'aimerais pouvoir évoquer avec elle ce qui me taquine le plus depuis ma dernière venue ici. Mais que connaît-elle d'Éric ? Prudente, j'attaque par un morceau plus sûr :

— J'ai vu que Maïa était partie.

— Je crois qu'elle avait un rendez-vous à Castillon pour la petite.

— Et son mari, j'ai appris qu'il n'avait pas donné de nouvelles depuis la naissance de Kimi.

— Bon débarras, tiens ! Il ne nous manque pas, le Victor !

Ah, le tact légendaire de Ginette.

— Qu'il nous agaçait avec son histoire de pré ! Figure-toi que nos grands-parents avaient eu la mauvaise idée de partager un grand pré avec les voisins. Au départ, c'était un vieux chêne planté au milieu qui délimitait les deux parties. Lorsque l'arbre a été foudroyé, mes parents ont dû le débiter. Depuis, la limite entre les deux parties de cette parcelle est moins visible, forcément. Victor, il prétend cette limite à son avantage. Moi, je dis et je répète, ce champ, je l'ai bien mieux connu que lui et je sais parfaitement où elle se trouve, cette limite. Non mais, on me la fait pas, à moi !

Ginette attrape un premier pot en verre et, à l'aide d'une louche, elle entreprend de le remplir.

— C'est comme l'embrouille avec les brebis. *I a pas de gorminadas per aquel racós*[1] *!* Et si tu veux mon avis, ce bonhomme a une araignée au plafond ! déclare-t-elle en tapotant sa tempe de l'index.

Deuxième pot de verre. Je m'approche. La confiture coule comme un torrent de lave. Je me demande même comment Ginette ne se brûle pas, à saisir du bout des doigts chaque pot par le col.

— Enfin, c'est malheureux pour Maïa, mais moi, je te dis, depuis qu'il n'est plus là, le Victor, ça nous fait des vacances. *Tè*, passe-moi un pot plus petit pour y mettre le reste. Non, pas celui-là, l'autre.

En saisissant le pot qu'elle me désignait d'un coup de menton, je me brûle l'auriculaire sur l'un d'eux, plein et

1. « Il n'y a pas de petits profits pour cet avare ! »

retourné à l'envers. Une armée de piles rouges alignées sur le plan de travail recouvert d'un papier journal.

— Le crois-tu capable de revenir, après tout ce temps ? Et où serait-il parti ?

— Bouh ! Eh, je ne suis pas Mme Soleil. Qui sait où il se cache, le *cagaïre*... Commercial, c'est comme marin autrefois : une femme dans chaque port. Si tu veux mon avis, il roucoule quelque part avant de se lasser et de partir voir ailleurs.

— Et la maison ? C'est pourtant la sienne, non ?

— Celle de sa mère, oui. Mais c'était pas un bricoleur pour deux sous. Fallait pas qu'il se salisse les doigts, le monsieur. D'être parti, ça arrange bien ses affaires, crois-moi.

— Et mes parents ?

— Quoi, tes parents ?

— Je ne sais pas, tu les aimais bien ? Tu les voyais souvent ? Je n'ai pas vraiment le souvenir de vous ensemble.

D'un geste sec et précis, Ginette visse le dernier pot avant de le poser à l'envers au milieu des autres.

— Bof ! Ils m'étaient indifférents, si tu veux tout savoir.

La déception me poignarde le cœur. Les yeux baissés, la paysanne détourne le regard tout en serrant la mâchoire. J'ai la sensation qu'elle élude la question, alors j'insiste, même si les mots me râpent la gorge :

— Ma mère ne passait pas te rendre visite ? Ton mari n'aidait pas mon père à bricoler chez nous ?

— Des fois.

Comme pour couper court à ma curiosité, la fermière déplace bruyamment la bassine en cuivre jusque dans l'évier, fait couler de l'eau et tinter louche et cuillère. Pourtant, sa voix couvre le tintamarre, me laissant percevoir que l'instant lui est pénible :

— Je me méfiais, voilà. Ils n'étaient pas d'ici.

Le jet d'eau cesse et le silence revient, presque brutal. Je perçois la gêne de Ginette. Devine-t-elle ma déception ? Redressant la tête, je ravale mon chagrin.

Une gouttelette suintant du col-de-cygne finit de s'abattre lourdement dans le récipient immergé.

Frottant ses mains sur le tablier, la fermière soupire, pivote vers moi et me fixe avec une mine contrite.

— Pour toi, c'était différent. Tu ne pouvais pas mentir.

Elle se penche vers le journal tandis que la sidération me cloue le bec. Après avoir plié une double page, elle dépose un pot de confiture au centre qu'elle empaquette en entortillant ensemble les extrémités du papier journal à son sommet.

— Comme ça, tu ne te brûleras pas en l'emportant chez toi.

Une offrande en guise de pardon. Un petit pot de confiture de fraise au creux d'un ballot évoquant une bouteille au goulot démesurément allongé. Cette prévenance m'arrache un sourire.

Telle une respiration, un cocorico tonitruant perce la vitre de la cuisine.

— *Tè !* Il n'est pas plus à l'heure aujourd'hui, l'Américain...

— Qui ça ?

— L'Américain. C'est le coq de Léon, en bas.

— Pourquoi l'avoir surnommé ainsi ? Parce qu'il chante avec un accent ?

Ginette s'esclaffe :

— *Non pas.* Parce qu'il chante toujours en retard. Tu comprends, le décalage horaire...

À mon tour, je ris de bon cœur. Je sais à présent pourquoi j'aimais bien Ginette autrefois. Mme du Tilleul, cette douce mamie aux allures aristocratiques, avait estompé la fermière rude et drôle.

Avec la sensation de goûter au meilleur des deux mondes, mais aussi le sentiment d'une contrariété indéfinissable, je regagne la maison de mes parents. Et à mesure que j'avance, je réalise aussi qu'il me faut faire face à leurs fantômes.

*Adaptation de la cassette 9*

J'avais juste envie de prendre un peu de hauteur et de marcher loin du village. Tutoyer les cimes et me délier des chaînes invisibles. À mon insu, j'ai hérité d'un carcan de questions sans réponses. Et mon quotidien en ces lieux s'habille de mystère.

Marcher sur la route qui mène au col de la Core, c'est glisser comme un funambule sur une corde invisible : d'un côté, le village avec ses maisons et le croisement des chemins qui rappellent que cet endroit est habité, dompté, et de l'autre la montagne, sa vie sauvage et le danger qu'elle couve malgré sa grande beauté. Des nuages coiffent les sommets, renforçant l'impression de déambuler quelque part entre deux mondes. Dès qu'un espace entre deux bâtisses le permet, mon regard oblique vers la vallée. Alors je mesure l'immensité des lieux, le vertige et l'humilité de n'être qu'un humain dans cet univers remarquable et hostile.

Là, sous l'auvent d'un lavoir, je reconnais une silhouette.

— Kimi ?

À l'appel de son surnom, la fillette s'immobilise.

— Viens voir, on pêche plein de têtards ici !

*On ?*

Pour illustrer son propos, un individu sort à son tour de l'abri.

*Oh, merde !*

Éric, plus beau que dans mon souvenir, avec une chemise aux manches retroussées jusqu'aux coudes et un pantalon de lin.

— Alors, on se promène ?

Interrompant mon ascension, je m'approche du lavoir. Penchée par-dessus le rebord, Kimi plonge ses mains dans l'eau du bassin au fond duquel frétillent les bébés grenouilles. Éric imprime des vagues à la surface de l'eau et soudain ferme le poing.

— J'en ai un ! s'écrie-t-il.

— Tu me le donnes ? supplie la gamine en tendant ses paumes ramenées en coupe.

Alors l'homme, en ouvrant les doigts, dépose le mini-amphibien dans le nid sec offert par l'enfant.

— Ça fait des chatouilles ! s'exclame Kimi.

Voir la petite chose se tortiller à l'air libre m'attriste quelque peu.

— Tu ne devrais pas le laisser longtemps hors de l'eau.

Docile, l'enfant plonge ses mains dans le bac et libère la larve à regret. Ses doigts se remettent alors à courir sous l'eau et forment une épuisette peu efficace. Je devine la température glaciale du torrent capté pour alimenter le lavoir. Et le fond de l'air un peu frais de ce jour me fait regretter de ne pas avoir emporté de pull. Éric semble avoir lu dans mes pensées.

— Dommage, il fait moins beau aujourd'hui, se lamente-t-il.

Une tentative de sa part pour amorcer la conversation ? Comme c'est touchant. Observer Kimi jouer dans l'eau m'inspire.

— Elle me donne froid, le tee-shirt à moitié trempé, les mains dans l'eau glacée...

— Ne t'en fais pas pour elle : elle a la couenne épaisse des gens d'ici.

La fillette dégotte un bocal couvert de terre.

— Je peux le prendre ?

— Te gêne surtout pas ! lui répond Éric.

Soudain enjouée, l'enfant commence par passer le bocal sous le jet d'eau qui s'échappe de la fontaine. Terre et toiles d'araignée glissent le long du verre. Des traces plus tenaces sont accrochées aux parois et Kimi entreprend de les décoller en grattant avec ses ongles.

— Elle a de la suite dans les idées, cette gamine. Mais on en faisait autant à son âge, non ?

Je rêve ou mon interlocuteur essaie admirablement d'échanger avec moi ? Presque émue par tant d'amabilité, je risque un regard oblique vers lui. Tête penchée, les poings sur les hanches, ses lèvres esquissent un sourire. La situation l'amuse.

— Prends le tuyau, ce sera plus commode, indique-t-il à Kimi obligée de se hisser pour atteindre la fontaine tant le rebord est épais. Regarde, il y a un robinet dans le mur, là.

Et il secoue la tête avec grâce, comme s'il jouait une scène qu'il avait répétée avant. Aucun faux pas, aucune fausse note. Il maîtrise sa partition ou son rôle à merveille. Moi, par contre, j'ai perdu ma langue et mes moyens. Est-ce parce que je sais qu'il est l'ex de ma sœur ? Parce que je soupçonne qu'il l'a mise enceinte ?

Soudain, cela m'étreint comme une évidence : est-il indiqué de l'appeler « ex » dans la mesure où ils n'ont pas eu le temps de rompre ? Au fond de moi, je sais que m'approcher de lui me permettra de reprendre le dialogue avec ma sœur. De finir le chemin avec elle. Mais je ne sais pas comment m'y prendre. Inviter le spectre de ma sœur entre nous est risqué, le deuil demeurant une fragile conquête.

— Qu'est-ce qu'on disait ? fait-il en se tournant à nouveau vers moi.

Je crois que je suis comme le têtard sorti du lavoir : je sens que je vais m'asphyxier hors des eaux où je nage d'habitude. Me trouver là, devant le bleu cristallin de ses prunelles, ce bleu qui évoque la profondeur des glaciers, fascinée par tant de charme, et taquinée par ce parfum inédit de forêt boréale échappé de sa chemise, cela m'ôte toute faculté. Courant le long de sa mâchoire, je finis même par remarquer les poils pointant d'une barbe châtain. Une fraction de seconde, je me demande s'il est conscient de son pouvoir de séduction, s'il en joue ou s'il s'en moque royalement.

Une douche froide. L'expression est tout à fait appropriée. C'est exactement ce que je reçois à cet instant, interrompant *illico* le flot de mes pensées. Immédiatement, une camisole glaciale s'empare de moi tandis que je cligne des yeux et aperçois Éric en train de fermer le robinet sortant du mur. De l'eau finit de ruisseler sur mes joues et goutte depuis mon menton. Kimi s'esclaffe quelques secondes puis, constatant que je ne partage pas sa joie, déclare avec une petite voix :

— J'ai pas fait exprès... L'eau est sortie brusquement du tuyau quand j'ai tourné la molette. Il m'a échappé des mains et...

Au fur et à mesure, le visage de l'enfant se décompose.

— Je voulais juste finir de bien nettoyer le bocal pour y mettre quelques têtards. Tu comprends, dans le lavoir de chez nous, on n'en a pas.

— C'est... c'est pas... pas grave.

Pas simple d'articuler quand on est soudain frigorifié. À mes pieds, comme un serpent sacrifié, le tuyau gît et finit de laisser couler un fin ruban d'eau sur la route. Quant à moi, telle une brûlée, je garde les bras écartés pour ne pas plaquer sur ma peau mon chemisier gorgé d'eau. Le haut de mon jean a pris cher, lui aussi, et je sens sur mes cuisses ses fibres glacées se resserrer. Seul le côté gauche de ma chevelure est trempé. Le résultat doit être comique à voir. Mais je commence à grelotter.

— Viens vite te changer avant d'attraper la mort, suggère Éric, dont le bas du pantalon a bu la tasse également.

— N-n-non, je rentre chez moi, s-s-s-ça ira.

Lentement, je parviens à agripper mes cheveux pour les essorer.

— Pas question. Tu claques déjà des dents. Suis-moi.

— I-inutile de... déranger qui que ce soit p-p-pour si peu...

— Tu ne dérangeras personne. Je suis seul au Castel jusqu'à ce soir, ajoute-t-il en refermant sa main sur mon coude pour que je lui obéisse.

— Désolée, insiste Kimi.

Je lui souris piteusement et emboîte le pas à Éric. En acceptant de le suivre chez lui, je devine que je lui permets de se racheter en quelque sorte. N'est-il pas à l'origine de l'incident en suggérant à Kimi de brancher le tuyau sans s'assurer qu'elle saurait le manipuler ?

Nous n'avons que quelques mètres à franchir car le Castel, la maison familiale d'Éric, se trouve tout près du lavoir. Avec sa stature imposante, le Castel n'a pas volé son nom. Cette ancienne bâtisse devait être une maison de maître, avec ses deux entrées et ses nombreuses fenêtres. Impressionnée de pouvoir ainsi en passer le portail, je marche dans les pas d'Éric comme pour dissimuler les miens sur les dalles de la terrasse. Puis, galant, il m'ouvre la grande porte et s'efface pour me laisser entrer. À l'intérieur, une légère fraîcheur m'agrippe, portée par une odeur qui m'est inconnue.

— Vas-y, monte à l'étage. La salle de bains est à gauche.

Je le précède dans l'escalier au bois joliment ouvragé, mais bien plus récent que les murs. Alors que j'attrape la poignée de la porte qui se présente en haut des marches, mon hôte précise :

— Non, cette porte ouvre sur mon ancienne chambre. La salle de bains, c'est la suivante. Dans la chambre juste en face, tu trouveras une armoire avec des vêtements de femme à ta taille.

— S-s-s-cela me gêne d-d'emprunter... les af-f-f-faires de ta mère.

— Ce ne sont pas les affaires de ma mère, rectifie-t-il en disparaissant dans la pièce qu'il vient de m'indiquer.

Seule sur le palier, je ne perds pas de temps et pénètre dans la salle de bains. Effectivement, quitter mes habits imprégnés et éponger l'eau sur ma peau frigorifiée calme mes frissons mais ne gomme pas la sensation de froid. Pendant ce temps, j'entends les pas d'Éric descendre l'escalier. Lui s'est déjà changé.

Vite, je m'enroule une serviette sur la tête et une autre sur le corps avant de traverser le palier. Du rez-de-chaussée me parviennent les odeurs et craquements d'un feu de bois. Les pièces sont chauffées par des radiateurs électriques individuels qui à présent diffusent une chaleur douce. Je voudrais éviter de jeter un coup d'œil indécent à l'ancienne chambre d'Éric, mais la curiosité me pique aussi bien que le froid quelques minutes plus tôt. Alors, avec d'infinies précautions, j'actionne la poignée et m'engouffre comme une voleuse derrière le battant. Autour de moi se déploie l'intime de celui qu'a aimé Liza. Tout est propret, rangé, le dessus-de-lit lissé. Les étagères exhibent quelques romans aux couvertures usées et côtoient de rares bibelots. Dans cette pièce où pèse un sentiment de tristesse, plane un parfum inconnu. Masculin, mais différent de celui que j'ai pu piéger devant le lavoir. Celui de l'ado d'hier, à n'en pas douter. Clouée sur un socle, une maquette d'avion fait mine de s'envoler, et cet espoir contrarié revêt à mes yeux un caractère pathétique. En contournant le lit, je me cogne l'orteil, étouffe un juron et titube jusqu'à la porte.

Dans la chambre en face de la salle de bains, l'armoire est ouverte, comme pour faciliter mon choix. En détaillant la penderie et les étagères, je m'aperçois que les goûts vestimentaires de la propriétaire sont portés sur la mode, le neuf, la féminité. Rien qui puisse appartenir à une sexagénaire. Je finis par élire un pantalon noir en coton et un pull à col roulé couleur rose ancien que je dépose sur le lit double afin de mieux évaluer leur accord parfait. Cela me démange, alors ma main tire l'autre battant de l'armoire qui s'ouvre sur la seconde moitié du meuble. Comme le yin et le yang, les deux profils se complètent : à droite, l'espace dévolu à la femme ; à gauche, celui conquis par l'homme. Emprisonnée dans l'espace clos, l'odeur de lessive et de propre prolonge celle plus discrète qui m'évoque une forêt de pins de Sibérie.

Mais alors...

Réflexe de défense : mon esprit nie l'évidence que ma conscience analyse parfaitement.

Puis je descends rejoindre Éric, attirée par la chaude lumière d'un grand feu.

— Approche-toi, m'invite-t-il.

J'obtempère, me déplaçant dans le silence de mes nouvelles chaussettes moelleuses. J'ai l'impression d'avoir régressé. Me voilà âgée de six ans, tentant de dissimuler mon délit, la désobéissance suprême.

— Tu as le nez qui bouge, morigène ma mère.

*Ah bon ? Zut alors !* Au prochain mensonge ou arrangement avec la vérité, je serai plus maline. La gourmandise, plus que l'appétit, avait la fâcheuse manie de me conduire vers la plaquette de chocolat noir avant l'heure des repas. En avaler quelques carrés constituait mon petit péché certaines fois. Ainsi, le jour suivant, je me présentai à table en me pinçant le bout du nez pour éviter qu'il ne bouge et ne me trahisse comme la veille. Peine perdue : ma mère m'a punie en me privant de dessert. Les adultes sont décidément trop forts, je pensais. Sauf que, pire que le nez qui bouge, ou le fait de le maintenir comme s'il pouvait le faire vraiment ou croître à la Pinocchio, les traînées brunes autour de ma bouche constituaient à elles seules une preuve tangible de mon forfait.

Bref, mon incursion dans la chambre d'adolescent est-elle visible, palpable ? Est-ce gravé sur mon front en lettres d'or ? Ai-je charrié derrière moi une caisse de preuves pour m'accuser ?

Roulés en boule, mes vêtements gouttent sur le carrelage. Éric me tend une poche plastique pour que je les y dépose. Suit un silence gêné où j'évite de le regarder.

*Il doit bien se douter que j'ai été dans l'autre chambre. Putain, je savais qu'il le devinerait !*

Pour m'occuper les mains, je présente ma chevelure à l'âtre afin de la sécher. Du coin de l'œil, j'aperçois mon hôte me dévisager sans vergogne. Il m'observe avec l'air de celui qui contemple son premier Meccano achevé.

Non, mon incursion dans le secret de son adolescence ne se remarque pas. *Mais alors, je délire ou serait-il en train de me mater ?*

Depuis la pièce voisine, l'horloge ponctue le silence d'un tic-tac solennel.

Nous sommes côte à côte. Lui, si près de moi que je sens la chaleur de son sang battre dans ses veines. Moi, si vulnérable que je crains de me laisser ferrer dans le jeu sensuel auquel il me soumet.

— Ta sœur avait les cheveux aussi longs que les tiens.

Je tombe de mon petit nuage et masque ma désillusion d'être ainsi reléguée au second plan par une absente.

— Oui, elle en prenait bien soin.

— Tu lui ressembles drôlement, on te l'avait dit ? Même forme du visage, même couleur des yeux, même silhouette... Je crois que vous tenez toutes les deux de votre père. Ta mère était plus... Enfin elle était moins...

Il patauge et ne finit pas sa démonstration. Esquissant un frêle sourire, je hausse une épaule. Dans le secret de sa face cachée, la laine du pull emprunté caresse ma peau. S'il continue de convoquer les morts de ma famille, Éric va gâcher ce moment délicieux. Pourtant, son regard ne cesse de s'attarder sur moi. Et un mince sourire fige ses lèvres.

*La vache, je rêve ou il me mate pour de bon ?*

Ce n'est pas désagréable, mais quand même...

Je tente une diversion :

— Quant à toi, je crois me rappeler que tu as des origines allemandes. C'est pour cela que tu es blond aux yeux bleus.

Dit comme cela, son physique revêt une grande banalité. Alors qu'en réalité sa coupe de cheveux met en valeur les différents reflets de sa couronne d'or. Ses iris évoquent les plumes d'une mésange et la douceur du duvet qui va avec.

Vraiment, en toute honnêteté, s'il faut qualifier l'un de nous deux d'ordinaire, c'est bien moi.

Et quand il m'observe de la sorte, je ne peux m'empêcher de revoir les regards énamourés de Richard Clayderman lorsque la caméra capturait son visage au détour d'un soupir tout en retenue, alors que ses mains divines caressaient les touches du piano. Combien de ménagères se pâmaient devant leur écran de télévision en l'écoutant interpréter la *Ballade pour Adeline* ? L'imaginaient-elles donnant un concert privé dans leur salon en passant en boucle ses trente-trois tours ?

Je me rappelle surtout la déception dans les foyers lors de la première interview de l'artiste par Michel Drucker. Là, les honnêtes femmes étaient scotchées : comment un aussi bel homme, un pianiste si doué pour le romantisme, peut-il avoir une telle voix de fausset ? Elles qui le concevaient masculin et profond jusque dans les cordes vocales en furent pour leur compte. Je crois qu'à partir de ce jour-là les ventes de ses disques ont commencé à péricliter.

La gorge garrottée par un sentiment ambigu, j'ose :

— Si ça te dit, un de ces jours, tu peux passer à la maison. On pourrait... *(Vite, trouver quelque chose.)* On pourrait...

Panne d'inspiration. Et je m'étonne presque de mon audace : inviter l'ex de ma sœur, c'est déloyal. Pour un peu, je me trouverais d'une hypocrisie à vomir. Pour ma défense, je soulignerais que devant moi se dresse un apollon dont la fine stature est soulignée par la clarté des flammes. Ne vous moquez pas, je vous assure que c'est vrai ! La moitié de son visage demeure dans la pénombre du salon et entretient un délicieux mystère. Sa bouche s'anime :

— Je ne pense pas que ce soit une bonne idée, mais merci quand même.

Tentation assassinée avec courtoisie. Ma morale est sauve, même contre mon gré. Vaillamment, je masque mon embarras. Il faudra user d'un autre stratège pour revoir cet homme et creuser un peu plus son histoire avec Liza. Savait-il ma sœur enceinte ? Sachant qu'à l'époque ce genre de surprise éclaboussait de honte la principale concernée, quelles étaient ses intentions ? L'aimait-il vraiment ? L'aime-t-il encore ?

Soudain, la porte d'entrée s'ouvre et Éric se redresse vivement. Coinçant les mains dans les poches arrière de son pantalon, il me lance un regard chargé de remords, et je ne tarde pas à en interpréter le sens.

— C'est nous ! crient enjouées des voix depuis l'entrée.

— Je… Vous êtes en avance, remarque Éric en souriant comme un enfant pris les doigts dans le pot de confiture.

Tandis que je pivote, mon hôte semble m'adresser une dernière supplique muette. Devant moi se tiennent ce que je devine sans ambiguïté être la mère d'Éric, flanquée d'une femme que je ne connais pas. Grippé par la rouille, le mécanisme de ma mémoire se met laborieusement en branle dans mon cerveau. Je me rappelle un autre habitant de ces lieux, un jeune homme au regard voilé par des lunettes cerclées d'écailles, de l'âge d'Éric et arborant la même blondeur. Un frère. Son frère. En avisant la jeune femme aux côtés de la sexagénaire, j'en déduis que cette brune au port altier est la belle-sœur d'Éric, l'épouse de son frère. La vérité est bien plus cruelle, bien entendu.

Éric juge bon d'expliquer ma présence :

— Il y a eu un léger incident au lavoir et j'ai proposé à Tess de…

— Tess ? répète sa mère en fronçant les sourcils. *Oh, mein Gott*[1] *!* Ne me dis pas qu'ils sont revenus.

— *Mama, bitte…*

— Je pense que tu ferais mieux de rentrer chez toi, Tess, ajoute-t-elle en pointant un index menaçant dans ma direction.

— Éric, tu m'expliques ce qu'elle fait avec mon cachemire sur le dos ? interroge la jeune femme contrariée en détaillant ma tenue. Mais c'est mon pantalon aussi ! Comment se fait-il qu'elle porte mes habits ?

— C'est ce que j'essaie de vous dire, mais vous ne m'écoutez pas. J'ai dû…

— Tu n'es pas la bienvenue ici, reprend la mère en me mitraillant de son regard bleu acier. Je crois que tu as eu ce que tu cherchais. On ne te retient pas.

1. « Oh, mon Dieu ! »

Une colère contenue fait surgir des intonations germaniques dans son phrasé, un soupçon rugueux dans la façon de prononcer les *r*. Confuse malgré le sentiment d'une profonde injustice à mon égard, je baisse la tête et murmure :

— J'y vais.

Tandis que je gagne l'entrée, les éclats de voix s'entrechoquent dans le séjour :

— C'est pas vrai ! Je croyais pourtant que c'était fini !

— *Mama, beruhige dich*[1]...

— Moi, ce qui me rend dingue, c'est qu'elle se soit servie dans mes affaires sans mon autorisation.

— Valérie, ce n'est pas si important.

— Quand on pense à toutes les misères qu'on a subies à cause de cette famille, cela me dégoûte. Ils sont diaboliques, je vous dis. *Bösen und gefährlich*[2] !

Bouleversée, sans un regard pour mon bienfaiteur, je franchis le seuil et referme la porte. Malgré tout, l'orage vocal me poursuit encore alors que je m'engage dans le jardin. Inutile dès lors d'ignorer ce que ma raison m'indique depuis mon passage dans la chambre au lit double. Sans difficulté, je devine que dans l'armoire où je m'étais servie s'entassaient aussi les habits d'Éric. Son parfum y régnait en maître. Et donc aucun doute possible : la jeune brune courroucée est sa compagne, sa femme peut-être même. En tout cas, pas celle de son frère, dont je peine à retrouver une image nette. Ma déception est colossale. Ma honte tout autant. Comment ai-je fait pour tomber dans ce piège imprudent ? Fini le doux rêve de faire avouer le bellâtre. Comment ai-je pu être aussi naïve de croire qu'il attendrait chastement le retour de Liza ? Une autre femme a chassé sur les terres de ma sœur

1. « Maman, calme-toi... »
2. « Diaboliques et dangereux ! »

et a remporté le butin. Dès lors, ma quête se complique démesurément.

Il me semble que les nuages descendent le long des forêts. Le fond de l'air se fait plus frais encore.

En progressant sur le chemin qui me ramène chez moi, j'ai l'impression de porter le ciel sur mes épaules.

*Adaptation de la cassette 10*

Jamais je n'aurais cru essuyer un tel revers. Quel sombre conflit avait éclaté entre mes parents et ceux d'Éric ? Alors, cela me revient comme une gifle : le bébé de Liza.

Donc Éric était au courant, non ?

Mes paupières sont gonflées ce matin et le regard qui me fait face dans la glace m'accuse de négligence, de naïveté crétine. Par-delà le temps, j'entends la phrase moralisante de bonne-maman : « Je t'avais pourtant prévenue, ma pauv' fille ! »

Nul doute, affolés par l'état de ma sœur, acculés par le temps qui presse, la décision à prendre de toute urgence, les adultes durent ouvrir les hostilités afin, pour les uns, d'imposer leur avis, pour les autres, de refuser et résister, chacun défendant son bout de bifteck en la personne de leur progéniture chérie. Comment avaient-ils réagi à l'annonce de cette grossesse inopinée ? Quel avenir avaient-ils comploté et pour lequel une guerre impitoyable fut livrée, jusqu'à son interruption soudaine du fait de l'absence de ma famille durant toutes ces années ?

C'est avec un magma de questions sans réponses que je reviens au Castel deux jours plus tard. En ce début d'après-midi, quelques nuages évanescents festonnent les forêts et témoignent d'un réchauffement de l'air. Parfois, un rayon de soleil offre sa présence furtive et éblouissante pour s'échapper de nouveau, timide et incertain. Les habits empruntés dans un sac et l'appréhension en bandoulière, je gravis le chemin que j'aimerais déjà avoir redescendu. Malgré le temps et l'œuvre de camouflage de la végétation, je reconnais le jardinet où poussaient les fleurs odorantes que j'avais volées, il y a si longtemps. Soudain, mon corps se crispe. Comment ai-je pu l'oublier ? Sous l'abri ombragé du même châtaignier, une masse sombre s'anime : le chien de garde qui m'avait terrorisée avec succès presque treize ans plus tôt. Impossible, pensé-je, l'animal doit être mort. Mais alors, c'en est un autre ! Plus féroce ? Plus teigneux ?

Claudiquant, le corps s'avance jusqu'à l'ouverture du muret, dans l'espace ocellé d'ombre et de lumière hésitante. Le cœur en déroute, je demeure pétrifiée, incapable de fuir. Éric surgira-t-il du jardin en terrasse qui surplombe le chemin pour me tirer du mauvais pas, comme lors de ma mésaventure ? Alors qu'il apparaît dans la clarté du chemin, la silhouette du chien se précise comme on retire le voile sur une œuvre d'art. À la vue du molosse, la crainte cède place à la pitié. Du pelage hirsute hérité d'un métissage entre un patou et une mère déjà bâtarde ne subsiste qu'une vague toison terne et lépreuse. Le bassin verrouillé par un mal mystérieux, le chien se meut avec peine. Il a beau lancer sa tête en l'air et ouvrir sa gueule, ses aboiements muets frisent le ridicule. Le cerbère a perdu de sa superbe, aveugle d'un œil comme en témoigne l'opacification du cristallin gauche. En revanche, il conserve cet instinct de territoire à défendre bien intact sous la maigreur maladive de ses flancs. Tandis qu'il continue d'avancer dans ma direction, une voix surgit :

— Farou ! Ici !

Avec prudence, je daigne cesser de surveiller la progression du gardien pour détourner le regard vers la voix qui transperce la haie de noisetiers. Une silhouette se dessine et approche, faisant taire Farou qui incline la tête.

— Il ne vous fera pas de mal, reprend la jeune femme qui finit de me rejoindre. C'est un chien de berger, dressé pour protéger un troupeau. Pour dissuader. Ce n'est pas un chien de combat.

— J'avoue que j'en ai douté...

Drapés de prudence, mes doigts esquissent une caresse sur le front du vieux berger soudain soumis. Méfiante, je rive mes yeux sur la bête de crainte que ses inclinations guerrières ne refassent surface.

J'ai peine à croire la scène qui se joue. La tête de Farou se pose sur le haut de ma cuisse, m'invitant à prolonger le câlin. Effleurant le poil rêche, ma main passe sur sa nuque raide, sous sa mâchoire et derrière ses oreilles. Chaque fois que mes phalanges décèlent une vertèbre, l'os du crâne, j'éprouve un étrange sentiment de peine pour le vieil animal.

— C'est un brave chien. Le meilleur auprès des brebis. Il nous étonne d'être toujours en vie, intervient sa maîtresse. Parfois, je me dis que Dieu l'a oublié pour qu'il veille encore sur nous.

— Vous ne lui avez pas trouvé d'héritier ?

— Si, mais pour atteindre l'efficacité de Farou il a encore de la marge, le Dalko.

— Je m'appelle Tess, fais-je en me redressant pour serrer la main de mon interlocutrice.

— Delphine, mais tout le monde m'appelle Finette.

Je ne l'avais pas remarqué et, soudain, je réalise la situation : la jeune fille qui me fait face ne me serrera pas la main. Elle me sourit et son regard se perd quelque part derrière moi, comme si je n'existais pas.

— On a le même âge, à peu de chose près, non ? me demande-t-elle.

— Vingt-trois ans pour moi.

— Vingt-cinq. J'avais donc bien deviné. On se tutoie alors ?

— Je n'y vois aucun inconvénient.

*Bim !* Première bourde ! Comment puis-je être bête au point d'employer le verbe « voir » avec une aveugle ? Finette ne semble pas relever et un sourire continue de planer sur ses lèvres.

— On ne t'a jamais croisée par ici, poursuit-elle.

— C'est parce que je viens de revenir après une longue absence.

— Ah oui ! Moi aussi, j'ai été longtemps tenue éloignée du village. Et puis un jour, j'ai fini par faire entendre raison à mon père : je voulais vivre ici et nulle part ailleurs.

— Où étais-tu avant ?

— Dans un centre pour jeunes aveugles. Triste endroit. Une décision de ma mère, qui vit à Toulouse. Il n'y a qu'ici que la canne blanche est inutile, qu'ici où je reconnais chaque lieu rien qu'à l'odeur, chaque être vivant à son déplacement ou à son souffle, où tout objet me relie à une histoire et à un avenir. Tu comprends, ici, je fais partie des lieux, des hommes et du temps. Je *suis* au monde.

— Oui, je *vois* ce que tu veux dire. *(Mince ! Je le fais exprès, ma parole !)* Moi aussi, j'ai été privée de ma maison au village. Y remettre enfin les pieds, c'est comme une renaissance.

— Ah, mais je crois savoir qui tu es : c'est toi dont la famille a disparu dans un accident de voiture ?

— Exact. Je constate que la nouvelle finit par circuler.

— Et ça va, tu t'y retrouves dans ton ancienne maison ?

— Je n'ai pas encore entamé de rangement mais, comme toi, j'ai la sensation d'être à ma place, un maillon dans la chronologie du temps.

— Et... tu n'as pas peur des fantômes ?

— Je ne crois pas aux fantômes !

— Ce n'est pas parce qu'ils sont invisibles que leur présence n'est pas palpable.

— Tu sais, si j'avais pu convoquer l'esprit de ma mère chaque soir de mon enfance, rien que pour qu'elle effleure ma joue et essuie une larme... Si... Enfin, je veux dire que si les revenants portaient vraiment bien leur nom, j'aurais pu grandir avec la force de ceux à qui il ne manque rien.

— Ce n'était pas un reproche, Tess. Juste une recommandation.

Une brise fait frissonner le feuillage printanier et dégage le front de Finette.

— Pour qui sont les vêtements propres de ton sac en plastique ? Ne me demande pas comment j'ai deviné : ça sent la lessive, et le froissement du plastique est facilement identifiable...

— Oh, je... je ramène les habits qu'on m'a prêtés.

— Au Castel, c'est ça ?

— Tu ferais une excellente enquêtrice !

— Et toi une piètre voleuse !

— Je n'ai rien dérobé.

— Non, bien sûr. C'est à la jeune femme qui vient au Castel depuis quelque temps, n'est-ce pas ?

J'acquiesce, oubliant que Finette ne peut interpréter mon geste. Sans attendre de confirmation de ma part, comme assurée d'être dans le vrai, elle poursuit :

— J'ai toujours su qu'il en aimait une autre.

Haletant, Farou se laisse tomber à ses pieds et pose sa tête sur une patte.

— Gentil mais distant. Poli mais secret. Lui seul ne m'a jamais vraiment regardée comme une femme, sinon je l'aurais senti. Je lui fais peur. Ou alors... Tess, suis-je moche selon les critères de beauté ?

— Oh, Finette, bien sûr que non !

Svelte, mais légèrement voûtée, la voix douce et le verbe aérien, l'aveugle dégage un charme discret qui lui sied. De longs cheveux ébène floutent ses épaules. Seul son regard, bleu comme la lavande, trahit son handicap : à la naissance, elle fut placée sous une couveuse mal réglée qui lui grilla les rétines et déforma subtilement ses orbites. Enfoncé sous ses sourcils, son regard affiche un léger strabisme que fatalement rien ne put corriger.

— Ah ! Magda va collecter son courrier... J'entends son pas sur les dalles de la terrasse.

— J'y vais, Finette. Je suis contente de t'avoir rencontrée.

Attestant l'ouïe acérée de ma nouvelle amie, la maîtresse du Castel s'éloigne vers le bouquet de boîtes aux lettres amassées en bordure de route. Au souvenir cuisant de notre dernière entrevue tendue, je demeure sur le seuil du jardin, attendant son retour. Après avoir collecté son courrier, majestueuse, Magda rebrousse chemin, une longue veste en tricot lui battant une jupe étroite et élégante. Curieuse, elle prend connaissance des destinataires des deux enveloppes qu'elle déchiffre en tendant le bras devant elle pour pallier sa presbytie. En m'avisant à l'entrée de son domaine, elle suspend son allure fluide et énergique, et son visage coupé à la serpe se renfrogne. Avant d'essuyer un premier reproche, je tends le sac et annonce :

— Désolée de vous déranger : je vous rapporte les vêtements empruntés.

— C'est ma belle-fille qui sera contente de les récupérer. J'espère que tu ne les as pas abîmés.

— Soyez sans crainte, je suis soigneuse. Pourquoi vous méfiez-vous de moi à ce point ? Je ne sais pas ce que vous reprochez à ma famille, mais je n'étais qu'une fillette lorsque vos histoires ont eu lieu.

— Rien ne pourra réparer les erreurs de tes parents ni le tort que ta sœur a infligé à mon fils, tu m'entends ? Le mal est fait, ils sont allés trop loin et je préfère que tu restes éloignée des miens.

— Laissez-moi au moins...

— ... Et je n'aimerais pas que cela recommence avec Éric, me coupe-t-elle d'une voix blanche. D'ailleurs, il va se marier, avec Valérie, dont tu as pris les vêtements sans lui demander son accord.

— Mais il...

— ... Suis-je assez claire ? claque une dernière fois la voix cinglante.

La colère contenue obscurcit son regard bleu ardoise. À l'instar d'un solide barrage de montagne, ses sourcils contractés endiguent un flot d'hostilité. Ses lèvres fines et pincées ont laissé perler un peu de rancœur infectée. Dans la crispation de ses épaules, je devine l'envie de me crever les yeux à la force de ses ongles.

N'osant même pas proférer un remerciement pour ces habits prêtés sans agrément, je courbe l'échine et préfère rebrousser chemin. Le soleil daigne enfin nous faire le cadeau de sa présence et dissipe les dernières brumes. Néanmoins, ses rayons purs et tièdes ne parviennent pas à lénifier l'impression de honteuse salissure qui tatoue mon âme. J'ignore la teneur des échanges passés, les chantages et les crimes inavoués.

Tout l'après-midi, je reste prostrée devant l'âtre, où j'entretiens un feu qui ne me réchauffe guère. J'ai la sensation d'une béance au creux de moi, alors que je croyais être enfin armée pour reprendre mon passé là où je l'avais laissé. Quelque chose de nouveau stagne dans mon ventre et me pollue la tête.

J'éprouve cette sensation d'avoir débranché un cordon qui m'alimentait. Qui alimentait l'espoir de retrouver l'esprit de ma sœur au contact de celui qu'elle aimait. J'essaie de me raisonner, de me dire que, depuis tout ce temps, il fallait s'y attendre : Éric ne pouvait que continuer de vivre sa vie et s'attacher à une autre femme avec laquelle partager ses jours. Il va se marier et je devrais être heureuse pour lui.

Oui, j'ai beau me raisonner, ça fait mal quand même. J'ai mal pour Liza. Concurrence déloyale d'une femme vivante envers une morte.

Une pointe de jalousie s'aiguise aussi et tache mon âme. Je la sens me perforer et agrandir la plaie. Un peu comme si ma sœur survivait en moi et instillait ce poison pour que je restaure ce qui a été abîmé, que je la venge.

Et puis renoncer à questionner Éric me coûte aussi : jamais je ne saurai pour le bébé.

Sans faire de bruit, le feu s'est presque éteint. Dehors, une nuit d'encre recouvre la montagne sous une cloche à l'humide fraîcheur. Lentement, je quitte la chaise et me redresse. Un dernier regard à la pièce enténébrée et je ferme les paupières. Au bout d'une dizaine de secondes, mon environnement semble avoir pris une autre épaisseur. Les yeux clos, la bouche entrouverte, le parfum familier de cette maison d'enfance me pénètre doucement. Ma respiration s'apaise. J'ai presque la sensation que mes parents dorment à l'étage et que je reviens d'une soirée interdite. Je distingue parfaitement l'odeur de la cendre qui recouvre les braises encore brûlantes, celle de la soupe qui a accroché au fond de la casserole ce midi. Puis se dévoilent d'autres senteurs plus timides. La mie du pain séchant sur un coin de la table, la coupe de fruits où flétrissent les dernières pommes, l'humidité qui s'évapore du torchon suspendu au bois de la cheminée. Pareil à un viatique nécessaire, le bouquet de fragrances anodines insuffle en moi une confiance inespérée.

Toujours dans le noir, je m'avance alors vers l'escalier. Comme Finette, je me laisse guider par mes sens exacerbés d'être privés de l'un des leurs. Lorsque mon pied heurte la première marche, j'agrippe la rampe et entreprends de monter à l'étage. Combien de marches notre escalier comporte-t-il ? Je n'y ai jamais prêté attention. Sans doute que Finette a mémorisé le nombre de celui de sa maison, instinctivement. Sur le palier, la température plus basse que dans l'entrée exaspère le plâtre qui recouvre le mur. Du bout des doigts, je glisse ma main jusqu'à ce qu'elle rencontre la poignée de la porte. Mes tympans reconnaissent aussitôt le cliquetis du mécanisme à l'œuvre dans le secret de la serrure.

Les yeux clos, j'avance sur ce territoire que je considérais comme un mausolée. La chambre de mes parents. Ne pas profaner. Terre sacrée. Dans cette pièce encore intacte, la poussière m'agresse la gorge. À tâtons, je longe la bordure de lambris. Sous la pulpe de mes doigts, je recueille la douceur d'une poudre fine. J'entends ma respiration s'accélérer au moment où je rencontre l'imposante armoire. Devant les portes closes du meuble ancien, le parfum de la lessive prisonnier des habits se glisse jusqu'à mes narines. Le murmure des fées transperce les panneaux de bois. M'invite à une ronde gaie et insouciante. Ma gorge se serre. J'ouvre l'armoire et libère les chimères endormies. Au contact des tissus, des frissons me grignotent la peau. Je me surprends à ne pas comprendre pourquoi personne n'habite ces vêtements tellement l'ardeur des sensations me les a fait paraître *vivants*.

Un gémissement survient.

En portant une main à mon visage, je sens mes joues mouillées. Mon nez me pique et un voile soyeux s'accroche à mes cils. Prudemment, je recule. Quand mes jambes heurtent le lit, je m'y laisse tomber, arrachant un grincement lugubre aux ressorts. Dans ma chute, j'ai entraîné la robe d'été à fleurs rouges et la vieille veste militaire dévolue aux travaux d'hiver. Je le sais car j'ai reconnu leur texture singulière. Je me vautre dans le mélange de textiles, tire sur le dessus-de-lit pour qu'il m'enrobe et m'endors ainsi, cernée par des sensations oubliées.

Finette avait raison.

Sur le lit tel un navire encalminé, bercée par les fantômes égarés, je fais figure d'une étrange chrysalide enrubannée d'étoffes s'abandonnant au sommeil.

## *Adaptation de la cassette 11*

Au matin, le froid refermé sur le bout de mon nez me réveille. Des rais de lumière opalescente transpercent les volets mal jointés. La tête lourde, j'ai la sensation de sortir d'un long coma. Pendant mon sommeil, les habits de mes parents ont glissé et jonchent mes côtés. Seule la veste de mon père me recouvre le buste. Du bassin jusqu'aux orteils, je suis paralysée par la température frisquette des premières lueurs. Ce mois de mai a bien du mal à réveiller le printemps.

Pourtant, une fois les volets ouverts, une douce tiédeur semble vouloir imposer un changement de saison. Et, caressés par un soleil doré, les feuillages résonnent de gazouillis légers. Je retourne m'asseoir sur le lit de mes parents. Je n'en reviens pas d'avoir dormi là, dans cette pièce qui m'était interdite enfant. M'approprier cet espace est à la fois excitant et inconvenant. J'ai l'impression que l'un d'eux va entrer et me réprimander. Je les entends s'indigner : « Que fais-tu là dans notre chambre ? Allez, file ! » Indéniablement, entre ces quatre murs, je suis au plus près d'eux. Leur arrivée n'est qu'une question de minutes. Le dialogue deviendra à nouveau possible. On pourra se parler comme avant, s'étreindre comme avant. Je désire si ardemment remailler ce canevas endommagé.

De part et d'autre du sommier, les tables de nuit, surmontées chacune de leur lampe de chevet, figurent les sentinelles du sommeil de mes parents. Dans le tiroir de celle de ma mère, sans surprise, j'y trouve un recueil de poèmes par T. S. Eliot. Je suis persuadée que ce n'était pas là la première fois qu'elle parcourait cet ouvrage. Ma mère et sa fascination pour la littérature anglaise... Dans le tiroir, je fouille du bout du doigt, déplaçant à peine les objets. Insidieusement, j'ai la sensation de profaner un lieu intime. Crayon, paquet de mouchoirs, lime à ongles, un réveil mécanique (subitement, je me rappelle que ma mère ne supportait pas le tic-tac de ce petit mécanisme ; l'enfourner dans le tiroir devait en atténuer le son), quelques photos de famille, une lampe de poche et une carte postale de son parrain quand ce dernier était aux États-Unis. Je ne sais pas ce qui me prend, mais je suppose que mes gestes sont tout à fait naturels : je me mets à remonter le réveil, même si l'heure n'est pas exacte, j'allume et éteins la lampe de poche. Ces petits objets remplissent leur fonction à merveille. Je renifle le cœur du livre, là où s'est réfugiée l'odeur du temps où tout n'était que plaisir et insouciance. Puis, pivotant sur mes hanches, je bascule sur l'autre flanc du lit et ouvre le tiroir de la table de mon père. Rassurée et encouragée par mes découvertes du côté maternel, je plonge mon regard et ma main dans le compartiment de bois. Là aussi, une lampe de poche, un bloc-notes, un stylo, un drôle de petit bonhomme en bois aux yeux fermés dans un étrange sommeil, des boutons et le mode d'emploi d'un appareil que je ne connais pas.

Un court instant, je contemple la jolie sculpture de bois. Un cadeau du mari de Ginette, probablement. Cela me revient alors. J'avais moi-même possédé un objet similaire, à peine de la taille de l'auriculaire, façonné par cet homme si habile avec le bois. Le mari de Ginette sifflait à merveille. Ce don, j'eusse tant voulu qu'il me le transmette. Ce n'est pas faute d'avoir essayé. Il avait beau m'expliquer comment positionner ma langue, tout ce que je parvenais à produire, c'était un souffle minable luisant de salive. Il en connaissait un rayon sur cet art : pour varier, au lieu d'utiliser ses lèvres, il rassemblait ses mains et de la coupe ainsi formée sortait le chant rond d'un oiseau de nuit. Une fois, il avait aussi voulu m'apprendre à utiliser mes doigts pour produire un son plus perçant. Celui-ci ricoche en écho dans la montagne : c'est le sifflement des bergers. Peine perdue : mon souffle stérile était voué à admirer ses talents de siffleur. Lors d'une dernière tentative, Anselme m'avait montré comment faire vibrer une feuille d'acacia ou encore un brin d'herbe entre ses pouces. Mais il fallait croire que même mes doigts refusaient de s'agencer correctement. Cela ne m'empêchait pas de rire à gorge déployée chaque fois qu'Anselme faisait résonner le chant comique de la corde végétale. Face à mon inaptitude notoire, il avait fini par me fabriquer un sifflet dans le bois d'un noisetier, une sculpture en forme d'aigle aux ailes déployées, avec mes initiales gravées dessus. Sifflet que je perdis hélas peu de temps avant notre accident.

Je repose la figurine en bois et m'empare du bloc-notes. En l'ouvrant, mes espoirs sont déçus : le calepin est vierge. C'en est même un tout neuf. Quoique... J'aperçois des barbes de papier dépasser du pli. Au moins une page a été arrachée. L'envie soudaine de revoir l'écriture de mon père, de lire son dernier message me projette vers le crayon dans le tiroir de ma mère. Dans un roman policier, j'avais lu qu'il suffisait de noircir doucement la page blanche pour faire jaillir en négatif le contenu de la page précédente.

Les feuillets sont minces.

Donc mes chances de faire apparaître le message sont grandes.

Délicatement, sans appuyer trop fort pour ne pas araser les précieux sillons invisibles, je caresse la page avec la mine de graphite. Et là, sous mes yeux incrédules, des caractères laiteux apparaissent. Les battements de mon cœur accélèrent et ma respiration devient saccadée. J'expire lentement pour calmer cette fièvre étrange et finir de crayonner la feuille sans précipitation.

Une fois la tâche achevée, j'entreprends de lire l'écriture mise au jour. L'émotion me saisit : mon papa est comme parti depuis une heure seulement ; il va revenir. Et moi, je m'immisce dans ses affaires, au risque de me faire surprendre. Si maman m'aperçoit, c'est sûr, je suis bonne pour une fessée magistrale.

Seulement voilà, le coup du message qui apparaît comme par magie, cela n'existe pas vraiment. Sauf si la personne se sert d'un stylo en appuyant comme un malade. Et pour compliquer la lecture, j'ai la confirmation que deux feuillets ont été utilisés. Le début du texte est presque illisible en raison de l'enchevêtrement des lettres. Mais c'est bien l'écriture de mon père. C'est étrange comme ce constat me soulage. Je sens comme une vague tiède déferler sur moi et m'apaiser. Malgré la superposition de deux messages, ce qui demeure très visible, c'est que mon père les adressait l'un et l'autre à ma mère. Sur la première ligne, je déchiffre clairement son prénom. Juste son prénom. Mon père et ma mère, réunis par une feuille de papier. Puis les mots deviennent obscurs, mêlant deux plis différents. Intuitivement, j'acquiers la conviction que le premier jet, décevant, a cédé sa place au deuxième. Un brouillon et un texte final. Non, pas final pour autant, car mon père n'a pas signé au bas de la page. D'ailleurs, il s'est interrompu. Je l'imagine, insatisfait, arrachant la première page pour recommencer son message. Et malgré la nouvelle tentative, il échoue à poser sur le papier ce qu'il souhaitait communiquer. Où sont passés les deux feuillets détachés du bloc ? Au feu, très probablement.

Je pressens alors que le contenu de la note sera déplaisant, maladroit. Mon enthousiasme initial s'efface devant la prudence.

*Xxe pxxx xXxXxx. [...] C'est xvec Maxxa xxX. [...]*
*Crxx [...] mixux axnsi.*
*Elle la chose la plus belle qui me soit arrivée depuis longtemps.*
*Quand tu liras ces lignes, je serai parti avec elle et pr*

La guillotine est tombée sur le dernier mot incomplet. Je devine que mon père s'est fait surprendre et a arraché la page avant même d'avoir fini d'écrire.

Des pensées s'affolent dans ma tête. Je m'ébroue, j'ai du mal comprendre. Voyons, voyons. Je fais le vide et je reprends. Mes yeux se posent et restent collés sur les deux dernières phrases distinctement lisibles. Les seules rescapées du gribouillage plus haut. Car papa avait réussi à développer le message qu'il souhaitait laisser à maman. Pas le conclure. Juste annoncer. Et ce dernier aveu interrompu : *Quand tu liras ces lignes, je serai parti avec elle.*

À peine retrouvé après toutes ces années *via* un palimpseste inachevé, mon père se dérobe encore. Il reprenait vie et le voilà mort de nouveau.

Mon papa, mon héros. Les sentiments se mélangent âprement dans ma tête. S'il était vraiment parti comme il l'annonce, comment la petite Tess aurait-elle appréhendé ce départ soudain ? Aurait-elle continué d'aimer celui qui, en la trahissant de la sorte, la jette dans un précipice avec cette sensation d'avoir été amputée ?

En tout cas, j'aurais pleuré, c'est indéniable.

Toutefois, mon père n'a pas fui comme il en avait l'intention. Quelque chose a peut-être contrarié son projet. Ou alors, devenu raisonnable, il a renoncé, conscient du trésor qu'il possédait chez lui, entouré de ses Trois Grâces.

*Elle est la chose la plus belle qui me soit arrivée depuis longtemps.*

Dans ma tête, une phrase tourne en boucle : « Ce n'est pas possible, ce n'est pas possible… »

L'adulte en moi analyse parfaitement la situation. Ainsi, mon père avait une maîtresse. C'est plus fort que moi, une pointe de jalousie s'aiguise dans mon cœur : mon père ne me répétait-il pas que j'étais sa princesse ? Qui est-*elle*, celle qui a piraté et détourné l'amour de notre homme ?

Sur ma pommette, quelque chose me chatouille. Du doigt, je dissipe la coupable : une larme que je n'ai pas sentie venir.

En tout cas, si ce message était tombé entre les mains de ma mère, ce n'est pas au feu qu'elle l'aurait jeté. Non, car elle l'aurait réduit en confettis, et ce n'était pas dans l'intention de faire une fête.

*Quand tu liras ces lignes, je serai parti.*

Comment ? Comment aurait-il procédé ? Je l'imagine mal prendre la voiture et nous abandonner toutes les trois à Peyreloungo. Avait-il l'intention d'appeler un taxi ? Quelle idée ! C'en est presque risible. Un ami dans la confidence ? Un sacré ami alors, capable d'aller le chercher au bout du monde. Un traître, car cet ami, forcément, c'était aussi celui de toute la famille.

Peu à peu se dégage une seule version possible. Cela m'insupporte, et pourtant je ne peux nier l'évidence qui se trame. Ce constat amer assèche la deuxième larme sur le bord de mes cils. Mon père avait l'intention de nous quitter, à pied, car celle qu'il allait rejoindre était ici aussi.

*Adaptation de la cassette 12, face A*

— Qu'est-ce que tu fais ?

— Rien, rien. J'essaie juste de trier ce qui est bon à jeter.

Et combien cette tâche est délicate ! Dans la chambre de Liza, tout me parle d'elle. Devant chaque objet, même insignifiant, comme cet écrin vide – une simple boîte à camembert customisée par mon aînée ! –, je suis indécise. La visite de Kimi tombe à pic : étrangère à tout cela, elle seule m'aidera à me détacher de ce qui m'enchaîne à une vacuité stérile.

Candide et enjouée, la fillette s'active avec délice devant l'armoire béante de mes parents. Pendant ce temps, je trie les affaires dans la chambre de Liza. Chaque chose futile m'évoque un souvenir, ravive une part d'existence de ma sœur : les images sur lesquelles un hologramme est imprimé, qu'elle collectionnait grâce à une marque de pots de yaourt ; les bougies confectionnées avec la coque des fromages Babybel et qui n'ont jamais réussi à brûler ; les cahiers de coloriage dont chaque page est séparée de la précédente avec un fin papier-calque ; les pochettes de gommettes et de décalcomanies qu'elle apposait sur un décor enchanté ; un cahier d'illustrations de Sarah Kay ; quelques cartes postales ; des dessins de chats plus ou moins aboutis, plus ou moins réussis...

Parfois, Kimi revient vers moi et me demande l'autorisation d'enfiler une robe, de porter un chapeau. Des habits et accessoires que j'avais oubliés et qui m'enfoncent une pointe de regret chaque fois qu'elle me les présente. Je dois m'en défaire, j'en ai parfaitement conscience, sinon je vais devenir folle. Mais je n'y parviens pas encore. Plus de bonne-maman pour m'enjoindre de me séparer d'objets auxquels je tiens encore pour une raison obscure. Désormais, le choix final m'appartient et cela devrait me rassurer.

En fait non.

Trier m'est impossible. Jeter demeure inconcevable.

Alors je continue de recenser les affaires de Liza, une tâche qui ressemble à un inventaire à la Prévert.

Un poussin créé à partir de deux pompons jaunes,

Une farandole de poupées en laine,

Une aiguille à crochet,

Un répertoire écorné,

Une pièce de puzzle orpheline...

Lorsque Kimi vient me rejoindre une nouvelle fois, chaussée d'escarpins trop grands pour elle, curieusement accoutrée, elle ressemble à une erreur d'aiguillage, une personnification de la faute de goût patente. Et pourtant, sa mine réjouie irradie le désastreux ensemble. Un petit rire ricoche dans ma poitrine et chasse l'humidité nostalgique qui m'enrobait tout entière. Instantanément, la fillette s'esclaffe, faisant déferler une cascade de notes claires et sincères. De voir Kimi se tordre littéralement me contamine. À mon tour, j'éclate de rire et laisse échapper des triolets frénétiques. Ce spectacle affligeant ravit l'enfant qui repart de plus belle et se bidonne à gorge déployée. Kimi finit par s'affaisser sur le parquet, la main sur son ventre endolori. Je l'y rejoins. Au ras du sol, je redeviens moi aussi une enfant.

Salutaire contagion de nos corps consentants. Nos rires cristallins finissent par se percher en grappes sur les poutres empoussiérées. Ainsi parée, la chambre perd son aspect sinistre et revêt une tunique lumineuse et colorée. Nous nous essuyons le coin des yeux, soupirant de bonheur, les zygomatiques exacerbés, le hoquet en embuscade.

— Tu sais, Tess, chez nous, on a gardé les vêtements de mon papa.

— Vous n'avez pas voulu vous en séparer ?

— Non. Maman attend toujours son retour.

Plongeant mes yeux dans le regard métis de l'enfant, je perçois une attente non comblée, une question en suspens, l'épaisseur d'un mystère.

— Comme ça, le jour où il reviendra, il sera content de pouvoir s'habiller comme avant, affirme Kimi avec innocence.

La parenthèse est refermée.

— Ah oui ! J'ai trouvé ça ! ajoute-t-elle en me tendant un curieux flacon qu'elle extrait de la veste de mon père. Tu as vu : ça fait peur...

Lentement, je tourne la fiole vers moi. Une tête de mort me fait face et m'arrache une moue circonspecte.

— Ça veut dire quoi « arsenic » ?

— C'est du poison, Kimi. Va vite te laver les mains.

— C'est pour quoi faire ?

— On l'utilise pour tuer des nuisibles.

— Les oiseaux ?

— Non, non, la vermine, les rongeurs...

— Oh, les pauvres petites souris !

Immédiatement, je me revois enterrer les ossements de mon chat sous le lilas. Cachou aurait-il ingurgité du poison destiné aux loirs qui peuplent les combles ?

Pendant que Kimi se nettoie, mentalement, je poursuis la liste des crimes que l'on peut commettre avec un tel venin.

Mais que pouvait bien vouloir éliminer mon père ? Déjà que le simple constat de ce flacon dans ses affaires est assez ahurissant. Soudain, un souvenir émerge. Impossible d'établir avec exactitude la chronologie, mais je me rappelle distinctement quelques déclarations excédées qu'il a pu proférer : « Il pourrait pas l'attacher, son chien ? Voilà qu'aujourd'hui ce clebs menace de mordre Tess ! Toujours à rôder, comme si la montagne lui appartenait : il finira par y avoir un drame. Les chiens enragés, il faut les éliminer ! »

Cela ne colle absolument pas avec l'image que je garde de mon père. Mais ce n'est pas la première fois que mes découvertes délitent mes souvenirs le concernant. Les ébauches d'un départ organisé avec sa maîtresse me polluent encore la tête. Néanmoins, se pourrait-il qu'il ait eu l'intention d'empoisonner Farou ? Aussitôt, le molosse à fière allure, menaçant et grondant entre ses crocs, surgit de ma mémoire et s'empare de mes frayeurs enfouies.

*Adaptation de la cassette 12, face B*

Il m'attend, il est là, sur le seuil de ma maison. Ni entré ni sorti. Juste indécis. Déjà, ma poitrine se dilate alors qu'il m'observe de son regard arctique. Lorsque nous échangeons deux bises amicales, je suis sûre que lui aussi ressent cet étrange sentiment de gêne, comme si nos attitudes n'avaient rien de normal. Comme s'il se doutait de mes soupçons à son encontre. Liée par l'inavouable conscience de blessures anciennes, notre rencontre ressemble davantage à un hypocrite jeu de faux-semblants qu'à de sincères retrouvailles.

— Merci d'être passée rapporter les vêtements de Valérie. Tu n'es pas entrée au Castel pour les lui remettre ?

— Je n'ai pas pu : ta mère m'a interceptée. J'ai bien senti que j'étais *persona non grata* chez toi.

Éric encaisse et appuie une épaule au chambranle sans me quitter des yeux. De sa chemise bleu roi s'évapore une senteur de pins que je reconnais bien. Les battements de mon cœur redoublent d'intensité.

— Écoute, ma mère a mal réagi. C'est ma faute. Je m'excuse de...

— Ce n'est pas à toi de le faire.

— Il faut la comprendre... Il faut qu'on parle.

*C'est ça ! Et par quoi veux-tu qu'on commence ? Par ta mère qui me voue une haine absurde ? Par Liza que tu as mise enceinte ? Par cette Valérie qui a fini par la remplacer dans ton cœur ?*

— Tu ne veux pas qu'on s'asseye quelque part ?

Suggérant cela, il décolle son épaule de l'encadrement. Instinctivement, je recule d'un pas. Ainsi, l'heure de vérité a sonné. Je me rends compte que je redoute cet instant ; je ne veux pas entendre que cet homme a été l'amant de ma sœur. Je ne veux rien savoir de sa blessure ni comment il l'a soignée.

Comme il s'avance, croyant que je l'invitais à entrer, je prends la décision de me diriger vers le banc sous le vieux frêne.

Le bois de ce siège vétuste râpe, usé par les étés capricieux et les hivers blancs. L'assise est étroite et nous oblige à nous asseoir l'un près de l'autre. Pour ne pas que la peau de mon bras frissonne au contact de la sienne, je pivote légèrement, le postérieur jouant les funambules sur l'arête de la dernière latte. Ô bonheur ! Cela me permet de contempler son profil sculpté par un orfèvre. Éric s'accoude sur ses cuisses et son regard se perd un instant dans la jungle de mon jardin.

— Pour en revenir à ma mère, elle est entière, mais quand on connaît ce qu'elle a traversé on ne peut que compatir.

— Parce qu'elle est allemande ?

— Petite, les enfants la traitaient de bâtarde, *außerehelich*, parce que née de père inconnu. En fait, ma grand-mère allemande était prostituée, tu vois le genre d'héritage que ma mère a fui en franchissant la frontière. Puis en France, elle était l'Allemande, l'incarnation du sang ennemi. Sa place, elle a dû batailler pour la conquérir. D'ailleurs, l'a-t-elle trouvée ? Les vieux ne l'apprécient guère en raison de ses origines. Cela explique son intransigeance vis-à-vis de ceux qui cherchent à s'emparer de ce qui lui appartient.

— Je comprends, j'articule avec prudence, me rappelant la haine de ma propre grand-mère envers les Allemands, mais je ne suis pas responsable des litiges passés. Déjà, j'essaie de composer avec un présent plutôt compliqué.

— Désolé, lâche-t-il.

Je sens bien qu'il tourne autour du pot et que cette introduction malaisée ne va pas durer. Nous sommes face à face, si près qu'en levant la main je pourrais caresser sa joue. À cet instant précis, on dirait qu'un nuage passe sur son front. L'air rembruni, il en vient au fait :

— Et puis il te faut savoir ce qui est arrivé à mon frère, Lucas.

— Un blond avec des lunettes ?

— Exact. Tu te rappelles mon frère du temps où tu venais ici avec tes parents ?

— Honnêtement, pas du tout. Je me souviens de son existence, mais pas de ce qu'il était vraiment.

— Mon frère aîné. Avec vos dix ans d'écart, il était normal que tu ne le fréquentes pas. Déjà que moi-même, ce que je conserve de toi, c'est l'image fuyante d'une fillette avec deux nattes serpentant dans son dos tandis qu'elle court les chemins.

*Et moi, te concernant, d'un géant aux yeux incroyablement bleus le jour où Farou a failli me croquer...*

— Lucas était raide dingue de Liza, tu le savais ? (Stupéfaite, j'esquisse un signe de déni.) À l'inverse de moi, c'était un littéraire, toujours le nez dans ses bouquins. Un grand romantique, rêvant de l'amour avec un grand *A*. Il lui écrivait des lettres où il lui déclamait son amour. Des poèmes aussi.

— Ah bon ? Et il les lui a envoyés ?

— Oui, certains. Ceux qu'il estimait appropriés.

Baissant les yeux, je tente de me remémorer ce que j'ai jeté des affaires de Liza à Toulouse : dans sa chambre, aucune trace d'échanges épistolaires.

— Liza recevait ses lettres ici ?

— Non. Lucas écrivait au Castel, parce que d'être si près d'elle l'inspirait. Mais il lui envoyait toutes ses déclarations chez vous à Toulouse. Et puis quand j'ai pris possession de sa chambre, je suis tombé sur des poèmes déposés dans une boîte à chaussures, au fond de son armoire. Même si j'avais conscience de m'immiscer dans la vie de mon frère, ces poèmes, je les ai feuilletés, par curiosité. À l'époque, l'expression des sentiments amoureux me faisait encore honte. Mais l'envie de connaître ce que pensait vraiment Lucas était plus forte que tout. De découvrir ce qui l'animait, comment il mettait en forme ses idées. Franchement, sur les feuilles, je craignais de lire du cucul la praline.

Nous rions doucement. Bêtement. Comme deux ados.

— Et donc ? fais-je.

— Eh bien, je dois avouer que son style était... intéressant.

— Intéressant ?

Notre Éric serait-il encore intimidé par les choses de « l'amour avec un grand *A* » ?

Pas du tout ! D'un geste, il arrange ses cheveux. Soudain sollicitées, les fibres de sa chemise exhument le parfum des mélèzes sur la taïga. Je perds tout discernement tandis qu'il entame :

*Ma douce, ma mie, mon aimée,*
*De nuits blanches en jours sans fin*
*Le satin de ta peau perlée*
*Creuse mon âme inassouvie.*

*Ma bien-aimée, ma mie, ma douce,*
*D'insomnies en vils jours sans faim*
*Le velours de tes grands yeux gris,*
*D'avide appétit, me détrousse.*

*Mon aimée, ma douce, ma mie,*
*De nuits sans lune en matins blêmes,*
*Sur ton corps offert comme un fruit*
*Mes lèvres tatouent des « je t'aime ».*

Tout en récitant, le regard baltique d'Éric me cloue sur l'assise du banc. Un instant, je crois qu'il s'adresse à moi et qu'il me fait le cadeau de son cœur. Il me semble aussi qu'il s'incline vers moi et que, tel un aimant, mon corps magnétisé ne résiste pas à l'attraction qui s'opère. Il me paraît soudain intolérable d'être si près l'un de l'autre et de ne pas s'embrasser. Je suis sûre que mes pupilles se sont dilatées, comme envoûtées. Lorsque sa tirade prend fin, il se passe la main dans les cheveux. Son œil pétille.

— Alors ?

Je bats des cils et atterris littéralement. Lui, tel un élève modèle, semble content de sa récitation. Il y a mis du cœur, de l'émotion, le bougre ! Je balbutie :

— C'est... c'est beau. Tu en as mémorisé beaucoup, comme ça ?

— Je n'ai pas de mérite, minimise-t-il, j'enregistre vite ce qui me plaît... Pour en revenir à Lucas, le fait que ta sœur ne s'intéressait pas à lui exacerbait ses sentiments. Plus elle le repoussait, plus ses poèmes devenaient denses, profonds.

*Pitié, qu'on en finisse !*

— Liza t'aimait.

— Je sais.

Son bras abandonne l'appui du dossier et retombe le long de son corps. De mes yeux affamés, je suis son autre main qui s'égare sur sa nuque.

— Cela a compliqué les choses, tu t'en doutes, précise-t-il en crispant les mâchoires. Surtout que Liza est sortie avec lui puis l'a laissé tomber comme une vieille chaussette.

— Ah bon ?

— Lucas nous a fait un beau chagrin d'amour. Je crois que je l'ai toujours connu amoureux de ta sœur. Tu penses bien que, quand j'ai commencé à la fréquenter, ça a été la guerre chez nous. Fallait voir ça : deux jeunes coqs ! Puis vous avez disparu, et là, il s'est effondré. Dépression. Abandon des études hypokhâgne. La descente en enfer.

Avec tristesse, j'imagine aussi l'amertume et la désillusion de ses parents, qui avaient dû miser sur le prestige des études engagées. Une brise se lève, joue avec les feuilles du frêne et jette une lumière ocellée sur nos silhouettes. Sans perdre une miette de la mine grave d'Éric, je coince une mèche de cheveux derrière mon oreille. Lui poursuit :

— Un an plus tard, il a fait une tentative de suicide. C'est moi qui l'ai trouvé, en défonçant à coups de marteau la porte de la salle de bains. Il s'était enfermé là. Pour s'ouvrir les veines. (Il se moque, sûrement pour dédramatiser le moment :) Peinard, allongé dans la baignoire. (Des mésanges se perchent sur les branches du frêne et pépient bruyamment comme on croise le fer. Lorsque l'une s'envole, l'autre s'élance à sa poursuite, comme emportées par un souffle de vent.) Mais je suis arrivé trop tard, ajoute mon interlocuteur avec une grimace. Trop tard pour sauver mon frère. Je m'en suis voulu, tu peux me croire. Il est mort dans la certitude que j'étais encore en colère contre lui pour Liza. C'est terrible de ne pas avoir pu faire la paix avant… avant qu'il nous quitte.

Je comprends alors que pour lui aussi, les jours se sont succédé dans la pesante culpabilité d'être vivant. Voilà que nous partageons dangereusement un point commun.

— Quant à toi, personne n'avait eu connaissance du drame que tu as vécu. J'ai appris hier soir à ma mère que toute ta famille avait péri dans l'accident. Mais…

Il laisse sa phrase en suspens. Mentalement, je la termine : mais elle est mère et a perdu un enfant ; cela ne passe pas et ne passera jamais. Son mari disparu à son tour, il ne lui reste plus que ce fils qui tente de la racheter à mes yeux. Elle craint un nouveau drame. Et vu l'attraction puissante qu'Éric exerce sur la gent féminine, elle n'a pas tout à fait tort. Malgré le triple deuil pour lequel mon cœur subit une convalescence prolongée, je parviens à proposer :

— Est-ce qu'il y a quelque chose que je puisse faire pour arranger les choses ?

*Hé, pour un peu, je me trouverais admirable d'abnégation...*

— C'est délicat de ta part, mais ne t'inquiète pas pour ça. Et puis la vie continue.

— Oui, j'ai appris que tu allais te marier...

— Ah ! s'exclame-t-il en laissant un sourire las errer sur ses lèvres. Valérie... C'est pour cet été.

— Félicitations.

Ce mot râpe affreusement ma gorge.

Mentalement, je revois la jeune femme à l'outrecuidance guerrière, le serre-tête de velours dans les cheveux coupés à la Chantal Goya, et le rang de perles de culture autour du cou. Indubitablement, nous ne sommes pas du même monde. Combat inégal.

Dans l'errance d'une explication rationnelle, mes pensées harponnent un autre constat : Liza aimait Éric parce qu'il lui paraissait inaccessible, le demi-dieu convoité par la simple mortelle. Avec netteté, je l'entends le décrire à mes oreilles de petite fille, moi, la confidente complaisante. Dans son verbe vibrait le délire d'une groupie ferrée par le charme de son idole. Combien de temps Éric lui a-t-il résisté avant de sortir avec elle ?

Un doute s'immisce : parlait-elle bien de conquérir Éric ou alors de remporter le cœur de Lucas ?

Une pensée fugace me traverse comme un courant d'air glacial. Les paroles de Finette me reviennent en mémoire. *J'ai toujours su qu'il en aimait une autre.* Mot pour mot, c'est ce qu'elle a dit quand je l'ai rencontrée. Se pourrait-il qu'elle soit amoureuse d'Éric, elle aussi ? Elle, discrète, l'aveugle invisible, transparente, condamnée à interpréter tous les signes de la négation de ses sentiments. Amour impossible hérissé des barbelés de son handicap, et avec pour mirador une Valérie aussi exclusive qu'une vieille reine. Finette, amoureuse d'Éric, et c'est sans espoir.

Liza, Valérie, Finette...

*Oh, Éric ! Ne remarques-tu pas la cour de prétendantes qui se presse aux portes de ton palais ?*

* *
*

*Pensées vagabondes*

Je reprends la main un court instant sur le témoignage de Tess.

Sans aucune difficulté, je devine ce qui se trame dans l'esprit du lecteur. En écoutant la cassette 12, cette même idée insensée m'avait traversé la tête. Un espoir fou avait germé alors. Une rédemption possible commençait à se tisser. Et je m'y suis accrochée. Parce que chacun a droit au bonheur. Parce que le canevas semblait prendre forme avec une cohérence harmonieuse.

Bien sûr, il subsistait encore quelques obstacles à lever et qui permettaient de pimenter le cours de cette relation romantique. Les plus belles histoires sont souvent celles qui sont jalonnées d'embûches, de péripéties. Ces dernières ne font qu'accroître le désir que la romance prenne. Elles renforcent aussi le lien entre les deux amants, leur amour survivant à la tempête traversée. Indubitablement, une graine venait d'être semée et ne demandait qu'à germer.

Certaines personnes de mon entourage auraient ricané. Je les entends déjà se moquer ouvertement de mon côté fleur bleue. Vraiment, les ficelles étaient trop grosses. J'allais tomber dans le piège et tirer dessus pour tricoter une fin raccommodée de toutes pièces. D'autres n'y verraient que cette obsession qui me caractérise, celle qui habille les jours sombres d'un optimisme hallucinant. Mon obstination à ne vouloir contempler que le verre à moitié plein.

De cette douce folie coule une rivière de miel faite de délires et d'errances. Et cela nourrit mes fictions. Parfois, cet enthousiasme se révèle porteur de bonne fortune, permettant de dépasser une contrariété en la mettant à distance.

Mais on ne force pas le destin. En outre, celui de Tess ne m'appartenait pas puisqu'il était en quelque sorte déjà écrit. Je n'avais qu'à tendre l'oreille.

Suivre la voix.

## *Adaptation de la cassette 13*

La scène que je vis en ce moment même fait écho à une autre dont je me souviens chaque seconde. Je devais avoir six ou sept ans, guère davantage. Liza était en classe et, pour une raison que j'ai oubliée depuis, j'étais restée à la maison, sous la surveillance distraite de maman. À pas feutrés, je m'étais introduite dans la chambre de ma sœur et avais ouvert le tiroir de la commode où elle rangeait sa panoplie de produits de maquillage. Juchée sur le tabouret afin de voir mon reflet dans le miroir au-dessus du meuble, j'entrepris d'expérimenter ce moment tout en féminité qu'aucune femme n'oublie : la première séance de maquillage. Sauf que l'esthéticienne hasardeuse que j'étais fit ses armes sans les conseils de quiconque. Très grossièrement, je tentais d'étaler un trait de crayon sur mes paupières, me figurant que, de lui-même, le tracé noir et maladroit se calerait le long de mes cils. L'ombre à paupières subit un sort identique, inégalement répartie, et ce jusqu'à la lisière des sourcils. Le mascara fut plus technique à manipuler, collant mes cils entre eux comme des épis, la brosse déposant une griffe irrégulière sur les paupières où le peigne avait ricoché.

Avec mon épaisseur de fond de teint et le blush trop accentué rougissant jusqu'au bas de mes mâchoires, j'avais l'air de souffrir d'une étrange fièvre. Lorsque vint le tour du rouge à lèvres, je demeurais persuadée que l'ensemble s'harmoniserait par une alchimie mystérieuse et efficace.

Le bruit soudain de la porte d'entrée me laissa juste le temps de ranger prestement les tubes et palettes avant de courir regagner ma chambre.

Ce ne fut qu'à l'appel de ma mère pour prendre ma douche du soir que je fus démasquée. Moi qui croyais que l'exercice m'eût rendue adorablement jolie, telle une princesse de conte de fées, la cruelle réalité m'explosa à la figure en trois temps : un, estomaquée, maman aspira une exclamation d'effarement en m'avisant ainsi peinturlurée ; deux, sa voix se percha dans les aigus alors qu'elle commençait à me sermonner ; trois, ses cris sortirent Liza de sa chambre qui, elle, en me découvrant si grotesquement grimée, éclata d'un rire si déchaîné que je ne sus où me mettre. J'en fus quitte pour une fessée que l'eau de la douche n'apaisa pas.

Toutefois, deux ou trois jours plus tard, alors que je me trouvais seule avec elle, Liza m'invita dans sa chambre et, m'installant sur les coussins de son lit, entreprit de me maquiller avec cet art dont elle savait si bien user pour se farder. De cet instant en duo avec ma sœur, je garde un souvenir empreint de douceur et de complicité féminine qui, l'espace d'une après-midi, m'avait fait pénétrer dans la cour des jeunes filles.

Avec un soin digne d'une écolière, je poudroie les paupières soumises à la caresse de l'applicateur. Subtilement, les deux coloris se mêlent et offrent un effet irisé qui me plaît beaucoup. Ne pas trop en mettre, juste ce qu'il faut pour donner de la profondeur au regard.

— Continue de ne pas bouger. Je vais déposer le mascara sur tes cils.

— Passe-le-moi d'abord une seconde : que je l'apprenne.

Je glisse le tube dans les mains de Finette. Depuis le début de notre séance de maquillage, chaque objet subit le même traitement : la reconnaissance tactile. Une fois l'identification terminée, l'aveugle me tend le mascara et penche sa tête en arrière afin d'entrouvrir ses yeux. Sa bouche colorée de rouge semble bouder, mais je sens mon amie fébrile et attentive à la moindre sensation. Fugace, la mine de Mme du Tilleul s'impose quelques secondes à ma mémoire : cette dame âgée qui m'avait accueillie autrefois après l'accident de mes parents avait conservé une étrange façon d'appliquer le rouge à lèvres. Imitant les actrices que l'on ne voit plus que dans les films des années 1920, elle ne colorait que le centre de ses lèvres et dépassait leur ourlet, afin de donner l'impression d'une petite bouche en cul-de-poule. Cependant, et c'est ce que je trouvais irrésistiblement drôle, lors des repas, l'artifice s'effaçait peu à peu, faisant réapparaître le contour originel des lèvres. Mais surtout, une ligne rouge persistait longtemps, comme une griffure involontaire au-dessus de l'arc de Cupidon, dans le creux sous le nez que l'on appelle le *philtrum*. Il paraît, d'ailleurs, qu'à sa naissance un bébé détient toute la connaissance du monde et de l'univers qui nous entoure. Afin qu'il n'en divulgue pas une once, un ange descendrait du ciel pour apposer un doigt sur ses lèvres et creuser ce sillon dont nous avons tous hérité.

Tandis que je maquille Finette, je le devine sans ambages : chacun de mes gestes s'imprime dans sa mémoire. Je cale l'articulation de mon auriculaire sur sa pommette et la mets en garde :

— Si tu veux que cela ne fasse pas des pâtés disgracieux, ne passe qu'une fois, et aussitôt, hop ! un petit coup d'index pour éliminer l'excédent.

— Laisse-moi faire l'autre œil et dis-moi si ça va.

Avec précaution, Finette reproduit l'appui du doigt sous sa tempe. Le mascara fouette le vide.

— Non, regarde. (*Et zut ! Mauvais verbe... Tant pis !*) Aide-toi de ton autre main pour positionner le mascara au bon endroit, l'assisté-je en actionnant ses doigts comme sur une poupée désarticulée. Voilà. Essaie maintenant.

Obéissante et volontaire comme une bonne élève, Finette réitère le geste seule afin de trouver le bon emplacement des mains, le bon angle. Toute une stratégie.

— Alors, fait-elle en ramenant sa tête à la verticale, comment me trouves-tu ?

— Tu es belle ! Je te jure !

— Ah oui ? Belle comment ? Dis-moi !

— Tu es aussi belle que...

Je me rends compte que je n'ai pas le moyen de lui faire admirer à quel point la transformation lui va bien. Avec ses cheveux ébène et ses yeux bleu marine, ses lèvres ourlées et son teint de porcelaine, j'aurais aimé la comparer à Isabelle Adjani, si troublante dans *L'Été meurtrier*, que j'étais allée voir au cinéma. Je m'étais même passée de l'autorisation de ma grand-mère pour assister à la séance de ce film bien trop dépravé aux yeux de mon aïeule. Comme foudroyée par l'évidence, je m'entends articuler :

— Tu es aussi belle que *Le Printemps* de Vivaldi !

Bingo ! La mine de Finette se fend d'un sourire radieux. Je la sais musicienne, violoniste précisément, et mélomane. Ce n'est pas pour rien si elle a l'ouïe et le toucher si affûtés. Un jour, elle m'avait fait le cadeau d'un morceau de musique. Jamais auparavant je n'avais entendu ce concerto d'Albinoni interprété avec autant d'onctuosité. Peut-être était-ce tout simplement parce que j'assistais pour la première fois à une audition privée, l'instrument face à moi et le geste à la fois précis et sensuel de l'instrumentiste ? Je crois que, pour le restant de mes jours, restera gravée cette image de Finette, la tête penchée dans une étreinte tendre et soyeuse avec son violon, un carré de coton coincé sous la joue pour son confort.

À cet instant précis où je la complimente, un soupçon de honte m'étreint : son léger strabisme, bien que dilué dans l'océan des artifices, n'en demeure pas moins visible. Toutefois, son effet semble atténué, ce qui n'est déjà pas si mal.

— Je n'ai pas la beauté du diable, au moins ? s'inquiète soudain mon amie.

— La beauté du diable ?

— Oui, comme Magda. Enfin, d'après ce qu'on en dit. Moi, tu sais, je ne peux pas vraiment savoir...

Je me remémore la mère d'Éric, ses traits ciselés et encore réguliers malgré les années, la silhouette élancée drapée dans une élégance lumineuse. Sans nul doute, le charme de l'Allemande doit encore opérer. Et son caractère bien trempé la rend désirable. Mon esprit vagabonde un instant : qui sont ces hommes qui ont été ensorcelés ? Un vertige me saisit, que je chasse aussitôt : non, mon père ne serait jamais tombé dans le piège.

Magda n'était pas son genre.

Je crois.

— Magda n'est qu'une mégère. Toi, tu es belle aussi à l'intérieur.

— Ça se fête, alors ! s'exclame Finette.

Soigneusement, elle écarte rouge à lèvres et palette sur un coin de la table et sort deux verres de son placard. Ses mains se déplacent, assez vite je l'admets. Elles glissent de l'arête d'un meuble à un autre. Et je commence à comprendre : tout est à sa place. La pulpe des doigts ne fait que confirmer que ce dont elle s'est emparée est bien ce qu'elle convoitait. Les trésors de compensation qu'elle déploie sous mes yeux pour nous servir à boire me questionnent et m'émerveillent tout autant. Rien n'est fait à tâtons : les mains ne sont là que pour s'assurer que les verres ne sont pas posés trop au bord de la table, que le goulot de la bouteille vient bien au contact du cercle de pyrex, et la phalange repliée à l'intérieur informe que le verre est plein.

— Comment fais-tu pour remplir une bouteille sans qu'elle déborde ?

Ma question est sincère tant j'imagine mal mon amie aveugle l'index glissé dans l'orifice, l'obstruant au point de rendre l'écoulement de l'eau difficile et laborieux.

— Facile ! N'as-tu pas remarqué que, lorsque tu remplis un récipient, le son devient de plus en plus aigu quand l'eau monte ? Eh bien, tu vois, chaque récipient, comme la bouteille, lorsque le niveau de liquide est satisfaisant, joue une note que je reconnais, différente selon les contenants, mais très distincte.

— Tu es incroyable. On trinque ?

Finette lève son verre de limonade et je viens l'entrechoquer avec le mien : « Tchin ! »

— Et quand la limonade a perdu ses bulles, je le sens tout de suite en ouvrant la bouteille.

— Là, tu ne m'apprends rien : ça ne fait plus « pschitt »... Mais dis-moi, comment fais-tu pour faire les courses ? Rien n'est écrit en braille...

— J'attends le camion de l'épicier. Autrement, je vais à la supérette de Castillon accompagnée de mon père. Ça le gonfle. Lui, le shopping, tu sais...

On sirote, on savoure. Cet instant est le nôtre, celui de l'amitié sans chichis, de la légèreté de l'existence.

* *
*

## *Fin de la cassette 13*

*[...] C'est franchement comique. Si Finette croit que je ne suis pas au courant, elle se fourre le doigt dans l'œil ! Ah merde, encore une expression maladroite pour parler de quelqu'un frappé de cécité, en outre assortie d'un strabisme. Mais ça restera entre nous, pas vrai ?*

*Non mais, parce que, au début, elle me disait qu'elle faisait du télétravail. Évidemment, avec son handicap... Bref. Par contre, son véritable job, ce n'est pas d'elle que je le tiens. En fait, elle bosse pour le téléphone rose. Sérieux !*

*N'empêche, il paraît que... que les gens qui ont un des sens endommagé ou qui sont dépourvus d'un des cinq sens développent outrageusement les autres. Et je suis convaincue que c'est vrai. Finette compense... au-delà de ce que je peux imaginer.*

*Je ne sais pas si elle l'a déjà fait, vous savez de quoi je veux parler, hein ? Mais j'imagine que, pour elle, l'amour sollicite ses quatre sens intacts de façon prodigieuse. Cela doit être une... un feu d'artifice dantesque.*

*Un orgasme insolent.*

[Rires.] *Ah la vache !* [Soupir.]

*En tout cas, je pense que, fardée comme elle le sera les prochains jours, elle sera plus inspirée. Elle fera durer les conversations plus longtemps, gagnera plus de fric. Je suis contente d'avoir pu me rendre utile, quelque part. [...]*

## *Adaptation de la cassette 14*

Lentement, le crépuscule s'installe et les dernières lueurs du jour s'accrochent tels des oripeaux sur le faîte des arbres, les soulignant avec délicatesse. Dans les buissons, les passereaux s'entêtent à piailler et confirment l'approche des premiers jours d'été.

Dans la maisonnette encadrée de châtaigniers, Maïa finit d'allumer des bougies sur une espèce d'autel bouddhiste. Éclairée par la lumière fuligineuse des chandelles, une statuette sourit et paraît presque vivante. Par ce rituel quotidien, la Chinoise renoue avec ses origines et adresse ses ferventes prières.

— Mieux vaut allumer une bougie que maudire les ténèbres, m'instruit-elle. Cette phrase n'est pas de moi, mais de Lao Tseu, un célèbre philosophe que mes ancêtres avaient coutume de citer.

J'ai fini par m'y faire, aux *u* nasaux de Maïa. Tout en contemplant la mère célibataire, j'acquiesce en silence. Il me semble que la mère de Kimi s'est recroquevillée depuis notre première rencontre. Je réalise qu'avec la disparition de mes parents elle a perdu des alliés sur lesquels elle avait projeté bien des espoirs. Indubitablement, ils étaient ses piliers. Telle

Pénélope, elle espère le retour de son mari, avec la certitude de jour en jour que son attente est vaine. À cet instant précis, j'éprouve une profonde compassion pour ma voisine et un grand dénuement de ne rien pouvoir tenter pour alléger son fardeau. Seule sa fille, débordante de vie et de bonne humeur, possède cette faculté de la tirer de sa catatonie inquiétante.

— Kimi est par là ?

— Elle ne va pas tarder, m'informe Maïa. Elle doit être encore chez Ginette. Si tu la croises, dis-lui de rentrer.

Suspendu sous le balcon, le carillon tinte, décoiffé délicatement par un souffle de vent. C'est en observant la fillette évoluer auprès de Ginette qu'une certitude me sidère. L'enfant tourne et virevolte, sa voix se perche et gazouille en cascade. À son côté, Ginette, un fichu sur la tête, lui tend un panier d'osier d'un geste si maternel que mon cœur se serre. Il est des liens plus profonds que ceux du sang. Même si elles ne partagent pas les mêmes gènes, la vieille dame et l'enfant se sont adoptées mutuellement. Ginette est la grand-mère de Kimi. Je reconnais tout de suite les signes palpables, les indices troublants. Tous ravivent mon enfance auprès de cette bonne Mme du Tilleul qui n'avait rien demandé mais qui m'avait tant donné. On se choisit, et on ne se l'explique même pas. Le regard de ces êtres marqués par l'âge et les accidents de la vie nous renvoie tout l'amour indicible qu'on ne trouve pas ailleurs. Et quand la greffe prend entre ces deux générations que pas un ancêtre commun ne lie, elle engendre des fruits d'une saveur inégalée : ceux nourris de tendresse pure, sans calcul ni contrepartie. Un don absolu. Une grâce.

N'osant déranger ce cœur à cœur, je demeure en retrait. Si un jour vous traversez le village, arrêtez-vous au cimetière. Il est une tombe qui vous saisira les tripes, celle d'Émile, le fils d'Anselme et de Ginette. Je l'ignorais, du moins je le croyais jusqu'à ce que cela me revienne. Lorsque l'enfant n'était encore qu'un nourrisson de cinq mois, Anselme vaquait au potager tandis que Ginette rendait visite à une cousine dans un village voisin, une absence de trois heures, tout au plus. L'après-midi engageait son bras de fer avec la soirée. Tout était paisible, le soleil d'été écrasait les sentes et agaçait les taons. Ce fut donc par une belle journée de juillet que le drame survint.

Quand enfin Ginette regagna la ferme, elle s'étonna ouvertement de ne pas trouver son fils auprès d'Anselme qui rangeait ses outils. Le bébé ne s'était-il pas réveillé de la sieste ? N'avait-il pas réclamé le biberon que sa mère avait laissé à son intention ?

Face à la fébrilité soudaine de sa femme, Anselme se moqua : « Tu es bien trop mère poule. Laisse donc ce petit respirer ! » Injonction innocente et qui pesa lourd sur la conscience du pauvre père.

La porte d'entrée franchie à toute hâte, Ginette eut un mauvais pressentiment, le genre d'intuition que toute mère redoute d'éprouver un jour. Un silence complice avait avalé la maison. Ignorant les moqueries de son mari, elle grimpa à l'étage sans prendre le temps de se déchausser. En croisant le chat dans l'escalier, son angoisse redoubla.

Plus elle progressait, plus son champ de vision rétrécissait, ne ciblait que l'essentiel : la dernière marche, le palier, la porte de la chambre. La poignée. Faire tomber le dernier obstacle avant de revoir son enfant. L'enfant tout près. Enfin.

Dans le berceau que nul mouvement ne froissait, le nourrisson gisait, à plat ventre. Le teint de poupon devenu bleu. Paupières closes et lèvres entrouvertes.

Inerte.

Il paraît qu'on entendit la douleur de Ginette jusqu'à l'église. Des villageois s'en souviennent encore et vous le confirmeront.

Mort subite du nourrisson, tel fut le verdict du médecin, ce qui n'apporta aucun réconfort au couple privé à tout jamais de leur fils unique. Châtiment à perpétuité, voilà ce qu'est la mort d'un enfant.

Dès lors, pour anesthésier le mal, Anselme puisait en lui-même, cloisonné dans un chagrin muet. Besoin de paix et de silence pour faire son deuil. Refermer sa coquille et ne pas disperser ses forces, ne pas pleurer. Ne plus en parler. Taire à jamais ce qui risquait de le plonger dans des abysses terrifiants.

Et pour conjurer le destin, sculpter devint son salut.

Je comprends à présent le sens des statues dans le jardin : des enfants, des adultes, saisis dans des gestes quotidiens, anodins, un prolongement de ce qu'aurait pu être leur Émile, jouant avec un chien, coiffé d'un béret, une cape de berger posée sur les épaules. Et des fillettes, petites sœurs imaginaires du fils défunt. Elles peuplent le pré et l'animent de leurs jeux saisis dans un mutisme bouleversant.

Je connais aussi la signification de la belle nymphe dénudée, cette femme qu'il pouvait caresser impunément, l'appel à sa Ginette toujours entêtée dans un refus de se donner à son mari. Car la mère étripée, amputée de la chair de sa chair, d'autoritaire devint tyrannique, comme si elle cherchait à punir son mari d'avoir négligé sa surveillance. Face au mutisme incompréhensible de son mari, elle déversait sa souffrance et sa rancœur d'avoir été dépossédée de son rôle de mère. Il lui fallait une explication, un motif, un coupable. Donner un sens à son supplice. Comme si cela avait le pouvoir de l'alléger, de l'effacer.

Vaine quête. L'enfant perdu le demeure ; et le vide créé par son absence se creuse avec le temps, alimenté par le quotidien de ce couple qui jamais ne songea à se séparer. Et je le sais : son bébé, Ginette le cherche encore, c'est dire le manque qui la ronge depuis toutes ces années.

L'épouse renfrognée, une statue l'immortalise : de son visage, on n'aperçoit que sa moue, le reste étant encapuchonné bien bas ; son corps crispé, figé dans le bois, témoigne toute la colère qu'elle réprime. Seule la main serrée sur l'anse du panier a quelque chose de dramatique, de mélancolique. Le rôle nourricier peut-être, que la femme continue de jouer, avec la lucidité affreuse de ne jamais pouvoir le remplir pleinement.

Ainsi, ce jardin exhibe ce que cache la maison, les êtres, les âmes. Jusqu'à ce jour, je n'en avais jamais pris conscience.

Compassion et embarras enchevêtrés me ligotent les jambes avec des liens de plomb. Impossible pour moi d'aller au-devant de Ginette et Kimi évoluant dans leur bulle de bonheur.

Un ronronnement me tire de ma torpeur : le chat noir comme la nuit vient de se pelotonner sur mon tibia. J'aime prétendre qu'il est le fils de Cachou. Je pense que je vais finir par le croire tellement ce félidé lui ressemble. Je m'agenouille et réponds aux demandes de caresses de l'animal. En passant mes mains dans son pelage, je sens comme de petites cloques accrochées aux poils : des tiques, assurément. Le chasseur n'attrape pas toujours ce qu'il convoite...

— *Tè !* Qu'est-ce que tu fais là ?

— Oh, tu m'as fait peur, Kimi ! Je voulais te voir, justement.

— Vite alors, parce que maman va s'inquiéter. Mais elle va être contente : je lui ramène des œufs du poulailler de Ginette. Et c'est moi qui les ai ramassés, ajoute l'enfant en me tendant, pour preuve, un sachet en papier où les coquilles aussi blanches que la craie sont soigneusement calées.

— Vous allez vous régaler, c'est sûr... Dis-moi, pourrais-tu juste me confirmer la provenance du flacon que tu as trouvé dans l'armoire de mes parents ?

— La petite bouteille de tue-bestioles ?

— Celle-là même. Tu l'avais extirpée de la veste de mon père. C'est là qu'elle était, je veux dire, dans l'armoire ?

— La veste ?

— Non, la petite bouteille.

— Non, non. Elle était derrière la pile de chemisiers.

— Les chemisiers de ma mère ?

— Ben oui. Ton père, il mettait des chemises, non ? ajoute-t-elle moqueuse.

*Chaque chose à sa place.* Un mantra chez mes parents horrifiés par le désordre de ma chambre, contraste saisissant avec le reste de notre appartement.

— Je peux y aller ? Parce que là, vraiment, je sens que je vais me faire gronder...

— Heu, bien sûr. Merci, Kimi. File vite !

Un peu comme si un voile était descendu sur mes yeux, je ne vois pas l'enfant partir en courant. Concentrée sur des divagations mentales, j'essaie d'imaginer ma mère en possession du flacon d'arsenic. Cela me semble complètement loufoque. Cela ne cadre pas avec mes souvenirs.

Et pourtant, si ce poison était bel et bien dissimulé au milieu de ses affaires, c'était qu'il lui appartenait.

Qu'elle voulait en faire usage.

Qu'elle l'avait utilisé ?

Un frisson d'horreur me parcourt. Je morigène mon esprit de concevoir cette question et me traite d'idiote.

Et pourtant... Impossible de nier l'évidence. Ce flacon que je pensais attribué à mon père afin d'empoisonner le redoutable Farou avait fait l'objet d'une acquisition par ma mère. Qui plus est, le flacon n'était pas plein, ce qui laisse à penser qu'elle y avait eu recours.

Si c'était pour le jardin, pour se débarrasser des rongeurs, pourquoi l'entreposer dans l'armoire de la chambre plutôt que dans la grange, sur l'étagère hors de notre portée ? Pourquoi ne pas l'avoir enfermé à clé avec le bidon de désherbant sous l'établi ?

Peu à peu, l'opacité de mes réflexions se déchire et l'évidence qui me frappe soudain me fait l'effet d'un boulet de canon reçu en plein ventre. Car si ma mère avait placé là la fiole d'arsenic, c'était pour la cacher à mon père.

Mais alors, quel était son dessein ?

Le crépuscule achève son œuvre tandis qu'un mauvais pressentiment déferle sur moi aussi sûrement que la nuit borde les cimes.

## *Adaptation de la cassette 15*

Si près de chez lui et pourtant bien trop loin à la fois. Se croyant bien caché sous l'ombre des noisetiers sauvages, il halète et sa respiration irrégulière m'intrigue. Alors je m'enhardis et enjambe le muret. Des ronces accrochent mon pantalon, les fines branches me griffent les bras et sous mes semelles crissent les vestiges des feuilles de l'automne dernier. Lentement, je m'enfonce dans l'épaisseur du bosquet. Je m'approche et me penche pour l'apercevoir. Lorsque nos regards se croisent, je vois la peine dans ses yeux, la honte d'avoir été découvert. Mais je ne le crains plus, je n'ai plus peur. Lui, le féroce colosse, est à présent à bout de souffle, et ce n'est pas parce qu'il a ingéré du poison.

Farou est allongé et sa posture trahit son état de faiblesse. L'os de son bassin saille et accentue la maigreur de ses flancs. Il laisse reposer sa tête sur le tapis de feuilles. Malgré sa gueule ouverte, l'air lui manque. Vite, je m'agenouille à son côté et entreprends d'offrir au brave animal un peu de douceur avant son départ. Les cordes vocales ayant rendu l'âme bien avant ses organes vitaux, seul un halètement rauque se faufile entre les babines aux canines émoussées. Ma main caresse son front et s'attarde derrière son oreille. Au creux de ma paume, j'essaie de concentrer la chaleur du réconfort.

— N'aie pas peur, Farou. Tout va bien se passer, je m'entends prononcer.

En suivant l'échine du vieux chien, mes doigts écartent des feuilles, des bouts de brindilles et un peu de mousse. Ainsi recouvert de végétaux, le berger semble déjà à demi englouti. Dans son appétit impatient, la terre voulait déjà le dissoudre et le digérer. Ma main longe les pattes de l'animal, enrobe et masse les coussinets usés. Les membres rongés par l'arthrose n'ont plus revu les pâturages depuis fort longtemps. Je suis sûre que le fidèle berger songe à cet instant même à la liberté qu'il a connue et à laquelle il a dû renoncer. Aux aurores perlées de rosée et aux sentes odorantes. Aux vents capricieux parfois et aux orages terrifiants. Il se revoit talonnant les brebis et courant sur les estives éblouies de soleil pour les rassembler. Il se remémore encore la torpeur des après-midi où le troupeau alangui se terre dans le moindre recoin d'ombre. Peut-être a-t-il aussi défié un prédateur, un vautour, un ours par une nuit sans lune ou dans la clarté blême du matin ?

Doucement, je gratte la gorge muette du brave chien. Il ferme les yeux. Ses narines humides exhalent un soupir faible et superficiel. Puis le corps s'immobilise et, lentement, la vie se retire et les membres cessent de vibrer. Dans le regard figé, la lumière reflue et le rideau des paupières se ferme à demi. La tête pèse de tout son poids sur le lit de feuilles, le museau pointant vers la montagne. Farou semble dormir. J'en ai le cœur serré.

Le moment est mal choisi. Pourtant, traversant le hameau par le même sentier, j'entends Éric s'enquérir :

— Tess, tu as perdu quelque chose ?

— Viens, il faut que tu m'aides.

J'aurais aimé que notre rencontre inopinée ait lieu ailleurs qu'au milieu des broussailles et des épines, dans la lumière du matin plutôt qu'en ce jour sans soleil. Je détourne les yeux pour ne pas le voir approcher. Ne pas le laisser deviner ma désolation.

— Qu'est-ce qu'il y a ? Punaise ! Mais c'est Farou... Finette est au courant ?

— Il vient de mourir à l'instant...

Ma voix se brise.

— Eh, ça ne va pas fort pour toi non plus, ajoute-t-il en posant sa main sur mon épaule. Laisse, je m'en occupe.

D'un mouvement maladroit, je m'écarte pour que l'homme s'accroupisse devant la dépouille de l'animal. Il réfléchit une fraction de seconde. Seules les paumes encapsulant ses genoux indiquent qu'il n'est pas en prière. Non. Rationnel, Éric étudie le terrain pour entreprendre d'extirper Farou de son cercueil végétal. Son unique présence réveille des chimères refoulées au plus profond de moi. Un deuil même anodin en convoque un autre. Fatalement. J'ai perdu mon père il y a longtemps et, comme m'avait avertie ma psy, je cherche en chaque homme un peu de réassurance. Je ne sais pas si l'amour entre dans l'équation. Je ne sais même pas ce qu'est vraiment l'amour. Difficile alors d'analyser sereinement la situation qui commence à m'échapper. Partagée entre résilience impossible et quête insatiable d'équilibre, je sens que je perds pied. Mon ascèse affective n'a que trop duré. En état de manque, je risque de ne plus rien maîtriser. J'ai de bonnes raisons de réagir de façon primale.

Alors si, là, je me jette dans ses bras, me recueillera-t-il comme on récolte une brassée de fleurs ?

Éric glisse ses mains sous la croupe et le poitrail du chien, imprimant un mouvement au corps sans vie de la bête qui semble soudain s'animer.

— Il est encore chaud, commente-t-il. C'est… troublant.

Puis, vivement, il se redresse, le chien inerte porté à bout de bras. Au sol restent accrochées quelques touffes de poils sur les brindilles écrasées. Prudemment, il regagne le sentier, prenant soin de ne pas trébucher dans les ronces traîtresses. Je lui emboîte le pas, je me sens déjà inutile. Et négligée. Et cela accentue ma peine. Nous rebroussons chemin et remontons ainsi vers la maison de Finette, cortège funèbre et insolite, lui berçant la dépouille d'un glorieux berger, moi en retrait, en deuil mais sans aucun droit de l'être, pleureuse muselée et illégitime.

Malgré le faible poids du vieux chien décharné, Éric fait une pause et couche Farou sur un muret. Les mains sur les hanches, il semble essoufflé par la tâche. Je prends conscience que le prince charmant n'est pas Monsieur Muscle. Sur son visage s'imprime un embarras coupable. J'ai presque honte pour lui. Alors je m'avance pour prendre le relais de notre livraison macabre. Néanmoins, un sursaut de bonne manière anime Éric qui s'empare du corps de l'animal. Ensemble, nous reprenons le pénible voyage.

Chez Finette, des notes de violon s'échappent par la fenêtre ouverte et parfument le jardin d'un air de fête. Je sens que la situation est à la fois cocasse et désespérée. Cela renforce mon malaise et la sensation que tout va de travers, que tout va dégénérer.

Éric dépose Farou dans la brouette pendant que j'interpelle mon amie depuis le seuil. L'archet fait grincer une corde en s'immobilisant sans préavis. Le silence soudain plombe le jardin. Consciente de mon rôle de messager funeste, je cherche un peu d'aide dans le regard d'Éric, lequel se dérobe. Alors cela me revient, douloureusement : lui, l'homme que ma sœur a aimé, celui avec lequel elle a bien failli partager un enfant. Cet homme qui jour après jour défie ma définition de l'amour. Cet homme idolâtré me semble soudain bien moins parfait. Je le vois qui hésite à partir, me laisser seule annoncer la triste nouvelle et gérer la peine de Finette. D'ailleurs, il recule de deux pas. Le rat quitte déjà le navire.

— C'est toi, Tess ?

— Finette (et je lui prends la main), je suis là... avec Éric...

— Salut, Finette ! fait ce dernier en s'approchant, finalement.

— ... Je, nous t'avons ramené Farou... il...

Les mots me restent dans la gorge. J'implore Éric de m'aider. Je ne peux que constater qu'il ne me sera d'aucun secours. D'ailleurs, cette scène a quelque chose de familier pour moi. Il m'est déjà arrivé de la vivre en classe, lorsque debout, dos au tableau, face à mes camarades, je devais réciter un poème ou une leçon. Mais pour des raisons inexpliquées, le contenu pourtant étudié m'échappait. Comme soudain sous la menace de tomber dans un précipice sans fond, je tentais alors de trouver un soutien sur les mines de mes pairs. Mais ils demeuraient muets, comme ligués contre moi. Même ma meilleure amie semblait subitement bâillonnée par un étrange sortilège, les yeux agrandis, inversement proportionnels à ses lèvres closes. La terreur est une redoutable muselière. Parfois, le courage lui faisait hasarder du bout des lèvres une réponse censée me mettre sur la voie, l'ébauche d'un mot, l'esquisse d'une piste. Mais le mouvement, trop rapide, si pressé par la crainte de se faire prendre, dessinait un message illisible, me laissant m'enfoncer plus profondément encore dans l'ignare fange des cancres.

De cette expérience cauchemardesque, la seule leçon que j'avais retenue était qu'en pareille circonstance on est seul à pouvoir se sortir du mauvais pas, à dénouer les ficelles emmêlées, seul maître d'un futur proche avant que tout ne s'effondre. Dès lors, la moindre parole, le moindre geste présente une importance capitale.

— Farou ? répète Finette en s'approchant de moi.
— Il s'est éteint dans un fourré. Je suis désolée.
— On te l'a déposé dans la brouette, poursuit Éric en me dépassant.

L'aveugle hume l'air. Je devine qu'elle respire l'odeur de son chien : chaque fibre du polo d'Éric a emprisonné les derniers vestiges de chaleur dégagée par l'ancien cerbère des brebis. Après quelques secondes indécises, elle s'avance vers l'endroit indiqué. Elle aimerait marcher plus vite mais ses pas impatients trébuchent et ses mains tendues droit devant réclament la prudence. Lorsque ses doigts rencontrent le pelage de son vieux berger, Finette s'agenouille, le cœur écrasé. Des larmes inondent ses joues tandis que ses mains caressent l'animal mort.

J'aurais dû le prévoir. Éric me double et aide Finette à se redresser. De sa voix chaude, il répète inlassablement : « On est là. »

Impuissante, j'assiste à une scène cruelle. La tête de Finette finit sa course sur le polo d'Éric. Avec une sensualité que je ne lui connaissais pas, elle respire l'odeur de son chien prisonnière des fibres. Jamais je ne pourrai agir comme elle le fait, sa joue caressant le torse de l'homme qui a creusé un étrange chemin dans mon cœur. Son nez dessinant des arabesques invisibles, ses cils voletant au contact du tissu. Je ne sais plus si c'est elle qui a perdu son chien ou bien moi qui ai égaré mes illusions. Je me sens partagée, tiraillée.

J'aimerais avoir le droit de jouer mon rôle d'amie et offrir mon épaule à Finette. Pouvoir lui dire que son chien n'a pas souffert, que j'étais là pour lui. Que je suis là pour elle.

Mais c'est Éric qui s'en charge. Et je n'ai pas la force de m'indigner. J'aimerais le rappeler à ses serments, de ne pas adopter d'attitude équivoque. L'esprit de Liza m'enveloppe de près. Ma sœur me souffle de me protéger. De rester sur mes gardes.

Ou d'agir. De me rebeller.

J'ai du mal à déchiffrer le message que je crois recevoir. Et je suis tellement sidérée que je n'ose pas approcher de mon amie, la réconforter.

Finette laisse échapper un douloureux sanglot. Éric m'achève en la serrant contre lui.

Quelque chose a éclaté en moi. Je m'en veux d'avoir été aussi faible et crédule. Éric ne tentait-il pas de fuir les secondes avant que Finette nous rejoigne ? Et pourtant, ce fut lui qui la berça dans ses bras, m'enfermant dans mon insignifiance. Il m'a ouvert les yeux sur ce qu'il est vraiment. Mais à quel prix ! Un peu comme on signe un pacte avec le diable : j'ai renoncé à la douceur en échange de la connaissance. Donnant-donnant, vraiment ?

De cette peine ambiguë où se mêlent un chagrin qui ne dit pas son nom et la compassion pour mon amie traversant un deuil, je n'en sors pas indemne. J'en perds l'appétit. J'en perds le sommeil. Mais ce n'est rien à côté de ce que j'ai vraiment perdu.

*Pauvre poire !*

Éric incarne l'impossible, l'inaccessible rêve. Déjà pour Liza, capturer son cœur n'avait pas été une mince affaire. L'adolescent semblait lui glisser entre les doigts comme l'eau des torrents, indomptable, fondre comme les flocons de neige que l'on veut conserver dans sa main. Je mesure à quel point la femme qu'il va épouser doit savourer l'ampleur de sa conquête. Comment s'appelle-t-elle déjà ? Valérie, il me semble.

Eh bien, Valérie, tu as du souci à te faire ! La dernière fois que j'ai vu ton mec, il tenait Finette dans ses bras...

Jusqu'au soir, je pleure par intermittence. Je me nourris de colère et de désenchantement mêlés. Invisible, une plaie à vif se creuse, là, juste sous mon sternum.

C'est les yeux rougis que, dès le lendemain, je remets la main sur le flacon d'arsenic. Lentement, je l'incline et observe la couleur du poison. Derrière son étiquette épaissie par l'humidité, le liquide semble jouer à cache-cache. *Arsenic*. Le sourire inquiétant de la tête de mort invite à la réflexion celui qui veut jouer à l'apprenti sorcier. La voix de ma psy surgit dans ma mémoire et ranime des souvenirs enfouis. À l'époque, je traversais une passe compliquée, faite d'errance et de doute existentiel. Tout ce que je souhaitais alors, c'était de débarrasser la Terre de ma carcasse, cesser de me torturer l'esprit et de me sentir coupable et inutile. Cette professionnelle de l'écoute auprès d'adolescents cabossés avait fini par me faire avouer une phrase tatouée au fond de moi. Quelque chose que j'avais déjà entendu et que je m'étais approprié. La prison dans laquelle j'étais enfermée, moi seule en avais la clé. Car mon espace de liberté, c'est moi qui le façonne.

Alors non, cet arsenic ne me sera pas destiné. Pour autant, quelle quantité faut-il pour donner une bonne leçon à un homme inconstant ? Quelle dose sera létale et fera de moi un assassin ? Cette fiole me fascine autant qu'elle a dû donner à ma mère un sentiment de dangereuse toute-puissance.

Coïncidence.

La semaine suivante, un bruit sinistre se met à courir les hameaux. La nouvelle ébranle les montagnards habitués à vivre en circuit fermé. Comme un nuage radioactif, la suspicion se répand et empoisonne les conversations piégées de sous-entendus. Les non-dits creusent leurs propres divagations. Car dans un secteur de la forêt communale récemment reconquis par l'homme, les chasseurs ont fait une macabre découverte.

De mémoire d'anciens, il existait une source à la lisière des premiers hêtres. Mais peu à peu, les arbres avaient avancé dans la pente, les pousses devenant de jeunes et robustes troncs aux pieds desquels la broussaille poursuivait son œuvre de colonisation. Comme partout ailleurs, sans entretien, le paysage était englouti par un maquis dense et prolifère. L'année précédant mon arrivée, des travaux avaient été entrepris afin de capter la fameuse source. Une tractopelle avait fait sensation en infligeant une brèche à flanc de montagne, depuis la route communale jusqu'à la lisière du bois. De là, dans des zones oubliées, de nouveaux chemins furent ouverts par les bêtes sauvages, des sillons que le flair des chiens de chasse se mit à suivre, à fouiller. Jusqu'à mettre la truffe sur des restes humains.

Aussitôt, on dépêche la gendarmerie pour transférer à l'institut médico-légal de Toulouse la dépouille d'un macchabée.

## *Adaptation de la cassette 16*

Dehors, la pluie orageuse se déverse sans discontinuer. Quand le tonnerre gronde et roule sur les champs détrempés, l'écho intime obéissance à toute la vallée. Plus un oiseau n'ose piailler, plus aucune vie ne défie le ciel courroucé.

Pour la première fois depuis mon retour ici, je reçois une invitée chez moi. Je suis allée la chercher devant sa porte. Bras dessus, bras dessous, je l'ai guidée sur le chemin, maladroitement. Elle me faisait une confiance aveugle, et je perçois à présent l'ampleur de cette expression. Sans canne, avec seulement ma voix et ses mains pour appréhender le terrain inconnu, je la sentais abandonnée à ma volonté. Sur mes épaules pesait l'écrasante responsabilité de sa sécurité et de son bien-être.

Après le décès de son chien, Finette semblait égarée dans une maison soudain trop grande pour elle. Ce chien qu'elle avait connu enfant, qui avait grandi au milieu des brebis de son père, cet animal présentant la permanence d'un monde l'avait soudain abandonnée. Elle mit plusieurs jours à ne plus le pleurer. Plusieurs jours avant de brûler la couverture qui servait de couche au vieux Farou.

Elle ne me l'a pas avoué, mais je sais aussi que son activité professionnelle en a pâti ; le cœur n'y était plus pour susciter le désir, feindre le plaisir et les spasmes sismiques. Le compte en banque en berne, elle traverse une tranche de sa vie où le sevrage brutal la laisse sans énergie.

Aujourd'hui, malgré la météo peu favorable, elle accepte de me suivre et d'explorer mon territoire. Sur nos têtes encapuchonnées ricochent de lourdes gouttes. Tout autour de nous, cela sent bon la terre abreuvée, l'herbe rincée et le champignon nouveau.

Dès qu'elle entre dans le hall, elle se fige pour m'avouer :

— Ici, tu n'es pas seule !

— Les fantômes dont tu me parlais ?

— Il plane des odeurs que je ne reconnais pas, pas les tiennes en tout cas.

— Ce sont les meubles, les tissus…

— Certes, mais pas seulement. D'autres habitent encore cette maison, crois-moi !

— Tu me fais flipper !

— C'est une façon de parler. Tu n'as pas à avoir peur. Il y a des choses qui se déposent, des émotions qui imprègnent les murs… Je ne sais pas comment te le dire mais, pour le moment, cet intérieur ne t'appartient pas. C'est comme quand tu entres dans une pièce où tous les gens qui s'y trouvent se détestent : instantanément, tu le sens, comme à l'inverse une bonne entente entre les personnes diffuse une ambiance tout autre, une énergie singulière. Tu ne l'as jamais remarqué ?

— Peut-être, effectivement. Je pense que je ne parviens pas à me défaire de certains trucs. J'aimerais pouvoir comprendre des détails qui me contaminent la tête.

— Parles-en aux personnes concernées !

— Elles sont mortes.

Subitement, le regard de Finette se fige et devient brillant. Le souvenir de son chien la brûle encore. Mais c'est une habituée aux combats, et elle se reprend aussitôt :

— Parles-en aux vivants. Des villageois ont forcément quelques clés à t'apporter, même si cela ne concerne que leur propre perception. En croisant les indices que tu auras récoltés, tu finiras par donner un sens à tout ce qui te semble mystérieux et t'approprier cet espace qui n'est pas encore le tien.

— Alors montons dans ma chambre ! Tu me diras si c'est bien moi qui y dors, et seule !

Je sens bien que Finette traîne un peu. Évoquer les morts n'était sans doute pas une bonne idée. Pourtant, je ne renonce pas à redonner du sens à son quotidien. En l'invitant ici, j'ai la ferme intention de l'aider à franchir une nouvelle étape, en douceur. Et cela commence par trouver de l'intérêt dans ce qui semble insignifiant.

Parvenues à l'étage, nous nous immobilisons sur le palier. Je mets Finette au défi :

— Peux-tu deviner laquelle de ces pièces est ma chambre ?

De la pulpe des doigts, Finette longe le mur de celle de mes parents. Lorsque sa main entre en contact avec la poignée de la porte, elle l'actionne et ouvre le battant qui chante à sa façon. Debout dans l'embrasure, Finette demeure immobile. J'en profite pour détailler son profil se découpant dans la pénombre. Les bras le long du corps, elle me paraît amaigrie, si fragile soudain. Humant l'air, elle détourne la tête et, avec prudence, traverse le palier pour rejoindre les deux portes en face. Incrédule, je l'observe se mouvoir au ralenti. Comme d'autres espèces animales dépourvues de vision, Finette est guidée par son odorat, son ouïe aussi. Comme si la chambre de Liza n'existait pas, elle s'avance directement vers l'encadrement de ma porte.

— C'est ici, conclut-elle avec certitude.

Médusée, je réplique :

— Comment as-tu deviné ?

— Le parfum, d'abord, qui te caractérise. La vie aussi qui se dégage de cet espace. Les autres sont comme... froids, figés dans une poussière sans chronologie. Tu sais, la succession des jours abandonne des indices : soit ils sont la preuve d'une existence, et tu sens que ça vibre en quelque sorte ; soit ils sont les témoins d'une absence, et c'est comme si l'espace dormait ou avait perdu son âme.

— Et au rez-de-chaussée, j'y vis. J'y dépose mon empreinte au quotidien. Alors pourquoi dès ton arrivée m'as-tu certifié que l'intérieur ne semblait pas m'appartenir ?

— Je ne saurais pas te l'expliquer sans passer pour une folle. Mais entre autres indices, depuis le hall d'entrée, j'entendais le tic-tac d'une pendule.

— Celle sur la cheminée. Et alors ?

— Tu ne portes pas de montre : ton poignet est cerclé de deux bracelets, pas vrai ?

— Et qu'est-ce que cela prouve ?

Je me sens démasquée, mais cela m'amuse.

— Je me dis que, pour quelqu'un qui ne soucie pas de l'heure, tu aurais pu choisir une pendule moins bruyante, une montre à cristaux liquides posée sur ta table de chevet ou carrément vivre sans, puisque tu n'en as pas l'utilité.

Mon amie aveugle est d'une clairvoyance hallucinante. Chaque soir, je remonte la clé du mécanisme, alors que je ne consulte presque jamais l'heure affichée. Geste mécanique, parce que c'est ce que faisaient mes parents avant d'aller se coucher. Parce que cela me rassure, me permet de faire durer leurs présences auprès de moi, des présences désormais incongrues, comme l'a senti Finette à peine entrée chez moi.

Mon amie me sourit, le visage tourné vers moi, les yeux glissant sur le mur auquel je tourne le dos. À mon silence, elle sait qu'elle vient de marquer un point décisif, qu'elle a raison.

Elle devine sûrement ma bouche bée et les mots coincés dans ma gorge.

Je me rends compte à quel point mon besoin de sentir les miens présents devient un jeu dangereux. Des fantômes ligotés à ma vie. Des êtres fauchés en pleine jeunesse alors qu'à leur âge on se sent immortel. D'ailleurs, moi-même, en apprenant leur mort, surtout celle de Liza, n'avais-je pas exprimé mon incompréhension ? *Morts, comment ça,* morts *? On ne meurt pas quand on est jeune. Mourir, c'est pour les vieux, ces gens tout fripés et malades qui en ont marre de vivre.*

— Es-tu au courant ? me ramène la voix de Finette.

— À propos de quoi ?

— Le squelette découvert dans la forêt. Figure-toi qu'avec les empreintes des dents ils ont pu déterminer son identité.

— C'était quelqu'un d'ici ?

— Tu ne vas pas me croire : le corps retrouvé à un jet de pierre de chez nous, c'est Victor.

Victor, le mari de Maïa.

## *Adaptation de la cassette 17*

Lentement, le jour coule vers le crépuscule et j'erre dans le secteur du Castel. Je viens de ramener Finette chez elle, et l'occasion est trop tentante pour la laisser passer. Alors je traîne encore un peu dans ce hameau, jouant avec le sort pour qu'il mette Éric sur mon chemin. J'ignore ce que je veux : le croiser ? l'éviter ? une revanche ? une explication ? un peu de consolation ? J'ai la sensation de ne pas pouvoir renoncer à lui aussi facilement, comme s'il me permettait de rester en lien avec un passé où tout avait du sens. Où les miens m'épargnaient la cruauté du monde réel. Parfois, une once de raison me souffle de lui accorder la liberté. Il a réussi à tourner la page, il va refaire sa vie. Je devrais taire mes questions stériles et laisser dormir les morts.

Côtoyer l'ex de ma sœur me maintient dans une régression immature mais tellement confortable. Et, très certainement, une part infime de moi s'agrippe à un espoir aussi fou que stérile : inverser les choses et les faire coïncider avec mes rêves délirants.

Le soleil crève les nuages d'encre, découpant une fenêtre dans le ciel encore de sombre humeur. Les toits de l'imposante demeure luisent dans les rayons enfin vainqueurs et semblent écarter les arbres. Sur la piste étroite qui surplombe le village, la lumière rasante allonge mon ombre. J'ai l'impression de suivre une marionnette fatiguée. Soudain, jaillie du grésillement des hautes herbes, une autre la rejoint et l'engloutit. Je sursaute et découvre Éric, comme convoqué, rendu matériel par ma pensée.

— Salut, Tess !

Je n'en crois pas mes fantasmes. Il est bien là, nimbé de son charme scandinave, son parfum nordique accroché aux coutures du polo d'une célèbre marque. Sur le talus, les genêts en fleur allument une multitude de flammes pour célébrer sa présence. Sans aucun doute, cet homme possède un charme puissant qui fait des ravages autour de lui. En silence, je me prépare au combat.

Je récite comme un refrain : « Il était avec Liza ; je suis sûre qu'il a des choses à me raconter, qu'il peut me parler de ma sœur comme personne ne l'a fait jusqu'ici. Oh, je donnerai cher pour ranimer le souvenir Liza, entendre de nouveau sa voix à travers celle d'un autre, la sentir vibrer de vie comme autrefois, prétendre l'espace d'une conversation qu'elle n'est pas loin et qu'elle va revenir. »

Je me révolte, je m'indigne : « Cet homme lui a fait un enfant ; comment peut-il l'ignorer, faire comme si rien ne s'était passé ? Pourquoi ne m'en parle-t-il pas ? Me considère-t-il trop jeune pour ça ? Ne voit-il pas que je ne suis plus une petite fille ? »

Je me raisonne, je concède : « Il ne me doit rien ; il a tourné la page ; Liza n'était qu'un amour de jeunesse ; peut-être même une erreur de casting dans son carnet de bal. Je dois le laisser poursuivre sa vie, ne pas la lui pourrir en remettant sur la table une vieille histoire d'amours adolescentes. »

Néanmoins, mes résolutions se délitent avec fulgurance. Ma réticence fond dès qu'il m'adresse un regard : je sens que lui aussi cherche Liza auprès de moi tout comme moi je l'appelle à son contact. Le fantôme de ma sœur n'est jamais bien loin entre nous. Alors je veux croire que, cette fois, je parviendrai à l'atteindre. Que je saurai tout, enfin, comme si je l'entendais de la bouche de ma sœur. Qu'elle finira de se livrer. Un délire digne d'une séance de spiritisme ! Parce que dans l'espace que prennent mes morts, je réclame ma part de gâteau.

Sans prévenir, il se penche et dépose deux bises sur mes joues. Les atomes de discernement encore en fonction dans mon cerveau m'alertent qu'un piège immense se déploie dans ce jeu innocent.

Pourtant, à l'instar de cette manie que j'avais enfant, je confère des pouvoirs magiques aux circonstances. Ainsi, si je parvenais au bout du trottoir sans marcher sur les joints des dalles de ciment, alors j'aurais une bonne note au dernier contrôle d'histoire. Si j'atteignais l'épicerie avant que le bus arrivant en sens inverse ne me croise, alors je passerais les prochaines vacances chez Mme du Tilleul. Si la mère avec la poussette traversait la route avant que le feu ne repasse au vert, mes chances de revenir à Peyreloungo étaient grandes.

Éric s'apprête à amorcer notre conversation.

*S'il me demande comment je vais, alors tout n'est pas perdu.*

— La pluie s'éloigne et la soirée s'annonce agréable, tu ne trouves pas ?

Je pince les lèvres pour réprimer tout au fond de moi cette défaite cuisante.

— Tu as raison. Je viens de ramener Finette et je voulais prolonger la promenade.

— Comment va-t-elle ?

Cette insistance appliquée à briser mes illusions ébranle mon optimisme.

— Mieux. Je crois que perdre un animal de compagnie, surtout après tant d'années, c'est comme perdre un membre de sa famille.

Quelque chose s'embrase alors dans le regard d'Éric. Susciter la compassion en rappelant le décès des miens le force à plus d'égards envers ma personne. Un point pour moi.

— C'est la raison pour laquelle je me suis désengagé quand on a ramené son chien et t'ai laissée tout gérer. Cela me rappelait trop la mort de mon frère.

*Ah oui, c'est vrai. Égalité, quinze partout.*

J'avais complètement oublié l'histoire de son frère. À mon tour, je me sens honteuse d'avoir nié ses émotions. Pourtant, il devrait lui aussi tenir compte du triple deuil qui m'a écrasée, me témoigner un peu d…

— On fait un bout de chemin ensemble ?

Je sais qu'il me faut refuser son offre.

Sans hésitation, j'articule :

— D'accord.

Mes résistances volent en éclats pour emboîter le pas à cet homme qui allume ma curiosité dont j'éteins sans cesse la flamme dans une ambivalence insensée. Avec son aide, j'espère atteindre Liza. C'est stupide, je ne l'ignore pas. Alors j'endigue comme je peux mon acharnement à creuser ce qui s'est passé entre eux.

Avec indolence, nous avançons vers un bois de hêtres qui plonge sur la piste. Quelques sapins trouent vaillamment l'épaisseur de ce bout de forêt montagnarde. Nous nous enfonçons dans ce qui constitue une réserve de bolets à l'automne venu. Là, sous le couvert des branches parées de leurs feuilles nouvelles, les odeurs d'humus et de sève déposent une sensation d'humidité sur ma peau.

C'est Éric qui impose le rythme de la promenade et l'itinéraire qu'elle prend au milieu des fougères. De temps en temps, il s'arrête et fait mine de contempler ce bois familial, le profil impérial. Il en profite pour glisser quelques questions sur moi, évoquer un passé dont je n'avais pas conscience. Moi, je l'imagine en train de confectionner les coffrets de dragées, avec sa future femme le couvant d'un regard conquérant. Ce mariage, n'est-il pas programmé pour le mois prochain ?

— Tu es à une charnière de ta vie, m'explique-t-il sur un ton professoral. Un peu comme devant une page blanche. Tu peux décider du chapitre que tu vas écrire.

— Sauf que je n'ai pas le choix du thème.

— C'est-à-dire ?

— J'hérite de casseroles que je traîne sans en connaître l'origine.

*Et en cet instant même, ce que je traîne, c'est le fantôme de ma sœur que tu as aimée.*

— Tu peux décider de faire table rase, de balayer le passé pour t'inventer un avenir, poursuit l'homme qui d'un coup s'invente psychologue.

— Ce n'est pas si simple... Quand on est enfant, on n'analyse pas. Le monde est binaire : il y a les méchants contre les gentils, le blanc et le noir. En devenant adulte, on plonge subitement dans la réalité, avec toute sa palette de nuances insoupçonnées.

— Je crois que tout enfant a une image idéalisée de ses parents, suggère-t-il en posant sur moi un regard appuyé. L'adolescence permet d'ouvrir les yeux, prendre ses distances, attribuer à chacun la place et l'importance qui lui revient.

— Tu as sans doute raison : je traverse peut-être mon adolescence, ma zone de turbulences chromatiques en quelque sorte...

Je devine qu'il tourne autour du pot. Je ne vois pas bien où il veut en venir, mais ces quelques échanges stériles s'habillant de prévenance à mon endroit comblent le silence de ceux qui n'ont rien de spécial à se dire.

— Il y a eu beaucoup d'histoires avant l'accident de tes parents, me confie-t-il. Tout le monde est plus ou moins au courant.

— C'est un truc qui a rapport avec la mort suspecte du mari de Maïa, celui dont on a découvert le corps tout près d'ici ?

— Tu es au courant, toi aussi ?

Une mouche atterrit sur le col de son polo et entreprend une toilette minutieuse. Le mouvement de rotation des fines pattes me fait penser à cette image souvent évoquée de Ponce Pilate se lavant les mains pour ne pas avoir à porter la responsabilité de la crucifixion du Christ. Comme un ange gardien posé sur son épaule, le petit insecte semble dicter la prudence. À moins que ce ne soit un diablotin mal intentionné.

— Éric ! appelle une voix féminine à l'entrée du bois.

— Merde ! chuchote Éric. C'est Valérie. Vite, cache-toi !

Sans attendre, je m'écrase contre le tronc d'un arbre centenaire dressé tout près de moi. L'humidité de l'écorce imprègne mon tee-shirt et distille une odeur d'humus. Dans la précipitation, j'ai aussi récolté des gouttelettes d'eau en frôlant un buisson. La fraîcheur pénètre le tissu de mon pantalon et pique ma peau. J'imagine bien que ma présence en ces lieux avec un homme sur le point de convoler en justes noces puisse susciter la suspicion. Toutefois, ce dernier m'imite et trouve refuge derrière l'imposante forme de deux hêtres enlacés. Ce geste m'étonne. Instinctivement, il réveille aussi cette désagréable mise en garde qui ternit l'auréole de cet homme ambigu.

— Éric, tu es là ? insiste Valérie dont je distingue la robe fuchsia dans le froissement des feuilles. On t'attend...

Depuis son arbre, Éric me fait signe de garder le silence en posant un doigt sur ses lèvres. À l'évidence, quelque chose cloche et je ne parviens pas à en déceler le moindre indice. Je soupçonne que Valérie sait son fiancé là : elle a dû le voir partir dans cette direction. M'a-t-elle aperçue marchant avec lui ?

— On va commencer sans toi. Tant pis !

Au bout d'une minute, Éric hasarde un œil vers la piste forestière. La voie semble libre et il s'écarte alors de sa cachette.

— Viens, je vais te montrer un truc.

Pas le temps de poser la moindre question ou de m'indigner devant son attitude désinvolte. Connaisseur des lieux, Éric me dirige vers un hêtre et m'invite à le contourner. Sa main alors posée sur le tronc souligne des scarifications brunes. Un message gravé sur l'écorce : « Liza + Lukas », au centre d'un cœur. Je m'aperçois de l'orthographe germanique du prénom de son frère. Je réalise que le sien s'écrit sans doute *Erik*. En fait, je ne l'ai jamais vu signé quelque part.

— Lucas, Lukas, ton frère qui s'était entiché de ma sœur. Tu m'en avais parlé.

— Ce qui est à l'origine du drame dans ma famille.

— Ma sœur, c'est toi qu'elle aimait.

Ma voix se brise à cet instant même. Détournant le regard, je me mets à gratter la mousse humide drapant un rocher devant moi. Puis mes yeux remontent le tronc au-delà du prénom de ma sœur. À l'endroit où l'écorce a été lacérée afin d'effacer un troisième prénom dominant les marquages. D'ailleurs, le « + » qui liait Liza à ce premier amoureux s'est noyé dans le tracé d'un vallon, là où se rejoignent les arrondis au sommet du cœur. Ce même cœur qui enferme ma sœur et le frère d'Éric, comme s'ils ne devaient pas échapper à un amour carcéral. Car ce constat ne fait aucun doute : Liza n'était pas amoureuse de Lukas. Ce cœur gravé encerclant son nom et le sien, c'est une union forcée.

— Le prénom qui a été labouré, là, pour le faire disparaître, c'était le tien, n'est-ce pas ?

— En fait, je...

À l'évidence, les mots se refusent à s'organiser pour l'aider à finir sa phrase. Il arbore ce regard trouble et profond qu'ont les condamnés bâillonnés afin de les empêcher de clamer leur innocence. Lentement, Éric acquiesce, confirmant la romance éphémère dont il m'avait fait part lors de notre conversation sur le banc, dans mon jardin. Il y a une éternité, il me semble. Il m'explique, doctoral, le choix de Liza de venir jusque dans ce bois pour y graver leurs prénoms. Liza choisissant le même arbre pour lacérer sa dernière conquête avec une violence dont je la devine capable, elle, la passionnée, avide d'indépendance et d'admiration. Graver avec rage le nom du frère aîné qu'elle n'a pas dû aimer avec une éblouissante sincérité. Se venger, en quelque sorte, car elle n'ignorait pas qu'Éric croiserait le hêtre au tronc scarifié. Et ainsi lui faire regretter leur rupture, allumer sa jalousie sans doute ?

Plus aucun des mots qu'Éric profère ne m'atteint. Ses paroles se diluent dans mes pensées parasites. En observant cet homme, je me remémore *la beauté du diable* de Magda, sa mère. Car lui et elle sont en tous points pareils. Des traits sculptés avec grâce, fins et vifs, les pommettes hautes soulignant des yeux couleur lagon, une silhouette élancée couronnée par une chevelure solaire. Un caractère affirmé et envoûtant. À en perdre tout discernement. Le prénom de l'Allemande se répète telle une rengaine dans ma tête, cette dernière ne filtre plus aucun son émis par mon interlocuteur. Magda, Magda, Mag-da... Il me semble deviner ce prénom, écrit sur un carnet, avec l'écriture de mon père, à moitié illisible car chevauché par un mot gravé sur une autre page.

*C'est xvec Maxxa...*

Quelque chose vient de percuter mes illusions. Une image prend forme dans mon inconscient : la silhouette de mon père étreignant celle de Magda, dans l'ombre secrète d'un bosquet.

Et soudain, ma vue se brouille. Et mes lèvres sont couvertes par une bouche envahissante. Je n'ai rien vu venir. Je suis comme absente. Le timing ne correspond plus à mes vœux enfouis.

J'aurais pu crier victoire : adieu Liza et ton aventure charnelle ! Désolée, Finette, j'ai été plus rapide ! Bien fait pour toi, Valérie, avec tes airs de propriétaire sur cet homme que tu ne mérites pas ! Et vous autres qui avez fantasmé jour et nuit que vous seriez peut-être un moment l'élue… J'aurais pu me montrer capable de savourer jusqu'à la lie cet instant de grâce. Pourtant, ce tambour dans ma poitrine qui déraille et me coupe le souffle n'est pas dû à l'ascension de l'Olympe du désir. Les sens tourneboulés, je tressaille et m'écarte presque brutalement de cette étreinte non consentie. Je bredouille même une excuse et fais volte-face. Ma réaction inattendue lui fait certainement l'effet d'une gifle magistrale. Conscient alors de s'être fourvoyé, Éric ne cherche pas à me retenir.

Résolue, je franchis l'orée du bois, le feu aux joues, le pantalon et le tee-shirt imbibés des vestiges de la pluie. J'ai l'impression qu'un cataclysme s'est abattu sur cette forêt et qu'un désastre tellurique menace ma vie. Je ne sais pas ce qui m'incite à le faire, mais je me retourne l'espace d'une seconde. Pour m'assurer que je n'ai pas rêvé. Pour vérifier que le message ait été compris. Le soleil a capitulé et l'humidité semble gagner la bataille. Je le perçois au changement soudain de température. Dans la pénombre qui s'avance, l'image d'Éric s'estompe. Lui reste immobile, tel un petit garçon pris en faute. Je peux dès lors fuir sans courir, au milieu des scories d'un théâtre désolé. De nouvelles gouttes de pluie s'annoncent. Les premières se fracassent sur les feuillages et m'épargnent provisoirement.

Non, Éric, la soirée ne s'annonce pas agréable...

C'est là que nous nous croisons. Troublée, je marque le pas, mon regard harponné au sien, hostile. Accusateur. Perspicace. Dans sa robe fuchsia, elle m'observe jusqu'à ce que je disparaisse dans la pente du chemin. Valérie vient de me déclarer la guerre.

* *
*

*Fin de la cassette 17*

*[...] Il m'a embrassée, bordel, il m'a embrassée... Mais quelle conne, quelle conne ! [...]*

## *Adaptation de la cassette 18*

En guise de souvenir de ce baiser par effraction, ce matin j'ai retiré une tique passionnément accrochée à mon mollet. Je ne peux m'empêcher d'y voir un signe. L'image d'Éric avec ses yeux de faïence et sa blondeur astrale ne cesse de me revenir, têtue comme un boomerang, un yoyo bien huilé. Mécanique et obstinée, l'ambivalence qu'il suscite en moi me colle aux synapses. Cet homme anime une arborescence de sentiments contradictoires. Au souvenir du baiser pour lequel je n'ai conçu aucun plaisir, aucun foudroiement, aucune transcendance par-delà le cosmos, il ne fait aucun doute que son attrait n'a aucune prise sur moi. Je me demande s'il cherchait une réciprocité ou simplement retrouver le goût de ma sœur sur sa langue. Sa jeunesse évanouie. Une histoire d'amour, même interrompue volontairement, laisse toujours des traces. Ai-je été pour lui la résurgence de celle qu'il avait tant aimée au point que Liza héberge un bout de lui dans ses entrailles ?

Espérait-il quelque chose de moi ? Je n'y comprends rien : ne va-t-il pas unir son destin à une femme dans quelques jours ? Pensait-il vraiment que je venais à lui comme une groupie enamourée ?

J'aurais dû être claire dès le début. Lui dire que j'espérais une rencontre avec ma sœur. Rien d'autre.

Je sors de cet épisode comme d'un mauvais rêve. Trop longtemps j'ai cru trouver au contact de certaines personnes le moyen de joindre mes morts. Bonne-maman me rabrouait dès que j'évoquais l'existence de Liza ou de ma mère. Cela ne m'empêchait pas de revenir à la charge, comme on gratte incessamment la croûte sur une plaie pour en faire suinter une perle de sang, une once de vie. Dès mon arrivée à Peyreloungo, je cherchais Maïa, parce qu'elle s'était imprégnée de mes parents. Parce qu'à son contact je souhaitais que jaillisse un peu de leurs vies, les ressusciter au gré de nos conversations. En revanche, Ginette n'éveille pas la présence de mes chers disparus. Sans doute parce qu'elle les ignorait, comme elle me l'avait avoué.

Malgré le manque sidéral que la mort des miens a creusé, malgré la rage de combler le vide, d'échapper à la peur abyssale de la solitude, je constate que je ne suis pas tombée dans le piège de l'amour facile. Cela me rassure. Au regard de mes échecs passés, cela m'effraie tout autant : serai-je un jour capable d'aimer sans crainte de l'abandon ?

Trois coups cognent à ma porte. Sans entrain, je descends l'escalier et franchis le vestibule où règne une humide fraîcheur. Depuis l'orage, le temps s'est considérablement refroidi. En soi, c'est une bonne nouvelle, la pluie tuant les taons et abreuvant les récoltes à la place des fermiers. Je me souviens toutefois qu'Anselme se méfiait des averses estivales. « *Ne cal, mas pas tròp*[1] *!* » avait-il coutume de dire, les yeux plissés, en scrutant les maladies sur ses pommes et ses plants de tomates. Puis, avec un mélange de fatalité et de défi, il

1. « Il en faut, mais pas trop ! »

allumait sa pipe en prenant garde de ne pas cramer le bout de son béret avec la flamme de l'allumette. Parfois, il attrapait une brindille se consumant dans l'âtre et en plongeait la pointe incendiée dans le fourneau. J'aimais particulièrement ce geste, comme s'il instaurait un partage, une communion entre le feu et lui, entre la puissance d'un des quatre éléments à l'origine du monde et un humble mortel. Je pensais que cela le rendait invincible.

J'ouvre la porte. La stupeur m'assèche la gorge, et mon cœur chavire et coule à pic. Je sais que ma bouche s'arrondit, mais aucun son n'en sort. Me voilà aussi tétanisée qu'un lapin aveuglé par le faisceau des phares.

Raide et droite comme un manche à balai, le regard courroucé, elle me jauge de la tête aux pieds. Sur ses traits, je lis une haine féroce qui m'oblige à serrer le lainage qui me recouvre les épaules.

Gainée dans un étroit serre-tête, sa chevelure coupée au carré commence à boire l'humidité ambiante. Sous le parapluie bariolé, elle se teinte d'ombres surréelles qui attribuent à la jeune femme un pouvoir maléfique. Corsetée dans ses principes distingués, Valérie me toise et se délecte de mon piètre éclat. Dans ses yeux soulignés d'un coup de crayon autoritaire, je me sens de condition inférieure et honteuse d'oser soutenir son regard.

M'alertant que la situation n'a rien de normal, mon sang se fige dans mes veines, méfiant. À mes oreilles se met à pulser le tambour de mon cœur saisi par une crainte irraisonnée.

Je devine alors la scène qui a dû se dérouler au Castel la veille au soir. À l'instar de l'orage qui a éclaté en début de nuit, la bonne fortune m'abandonne à la merci d'une fiancée dont la colère est légitime. Ainsi, parfois, la malchance s'acharne et s'applique à vous pourrir l'existence. Oh, je pressens que l'heure des comptes a sonné et que je vais encore me faire dépouiller. Depuis qu'elle m'a vue sortir précipitamment du bois où son fiancé demeurait encore, elle se doit de laver son honneur et de mettre les choses au clair. J'ai saboté son orgueil. Pour ma part, j'ai plutôt l'impression d'avoir malencontreusement mis mon pied sur une merde de chien.

Volontairement, Valérie laisse le silence se dilater entre nous. On dirait qu'elle le déguste. Pourtant, cela ne doit pas avoir bon goût, l'amour-propre éteint, aussi crevé qu'un rat mort.

Je dois gagner du temps, réfléchir à ce que je vais lui dire, car une explication du style « Pour l'autre soir, sache que ce n'est pas ce que tu crois » ne va pas suffire.

C'est étrange car, depuis un recoin obscur de mon cœur, j'éprouve de la rancœur pour cette femme que je ne connais pas. Sans aucun doute, elle a piqué le mec de ma sœur, et ça, ça ne passe pas.

Oui, j'éprouve de la jalousie, c'est débile, vraiment. J'aurais aimé trouver Éric célibataire, toujours épris de Liza. Je suppose qu'un bout de ma sœur survit au fond de moi, que les secrets dont j'étais la dépositaire ont fini par creuser leur lit et tapisser les profondeurs de mon âme.

Je devine que cela ne déridera pas sa moue compassée, mais j'ose un bonjour poli à l'adresse de Valérie.

Elle ne desserre pas les dents. Au contraire.

En l'examinant plus minutieusement, je me rends compte que son fond de teint s'est craquelé sur son front. S'est-elle mise en colère avant de se mettre en route ? Ses lèvres rouge sang réclament une lutte à mort ; le rang de perles qui pend à son cou égrène les aubaines dont elle bénéficie depuis sa naissance. Sous son imper, je devine une tenue impeccable, un ensemble joliment assorti et qui sait mettre en valeur sa silhouette sans ostentation. Elle me fait penser à ces enfants qui, lors d'une chasse au trésor, ont tellement de veine qu'ils découvrent le magot sans même résoudre les énigmes. Ce sont eux aussi qui rallient les camarades de classe autour d'eux. On se soumet à leur aura irrésistible. Ce sont eux qui, lors des galettes des rois, tombent inopinément sur la fève. Les fées se sont penchées sur leur berceau et, depuis, ils attirent le bonheur à ne plus savoir le goûter.

Cependant, Valérie semble mesurer que la balance penche dangereusement en ma faveur. Au point de devancer l'intention de son fiancé d'avoir une discussion avec moi, au moins pour dissiper tout malentendu, au cas où le baiser de la veille inciterait le promis à la débauche.

C'est en l'observant ainsi plantée devant moi que je conçois à quel point Valérie est une rivale. La rivale de ma sœur. Ma sœur qui vit à travers moi. Voilà pourquoi sans nous connaître, Valérie et moi, nous ne nous supportons pas. Et la scène qui s'est jouée dans le bois la veille exacerbe notre inimitié, accentue l'ambiguïté de la situation.

— Tu n'ignores pas qu'Éric et moi allons nous marier dans trois semaines.

— Désolée, je n'ai pas reçu de faire-part.

*Qu'est-ce que je suis inspirée...* Pourtant, mon assurance n'est que façade. Je tremble tout entière, méconnaissant ce dont Valérie est capable. Et engluée dans mon sentiment d'infériorité, autant dire que je n'en mène vraiment pas large.

Un silence de fin du monde s'abat sur nous. Sans aucun doute, elle prépare sa prochaine attaque. C'est une habituée du combat, une guerrière. La certitude de gagner la rend invulnérable, assurée de sa victoire inéluctable. Parce que c'est inscrit dans ses gènes, imprimé sur son livret de naissance comme un pedigree.

— N'essaie pas de jouer l'ingénue, me menace-t-elle en levant un index péremptoire sous mon nez. Arrête de tourner autour de mon mari.

— Je ne…

Aussi vive qu'une araignée fondant sur sa proie, elle m'empoigne soudain les cheveux et tire dessus avec rage. Je crie et grimace, le crâne me piquant violemment. Mon cœur panique et semble résonner dans ma gorge. Je peine à respirer. Le poing serré, elle amène mon visage tout près du sien, si près que nos nez se touchent presque, si près que je vois des éclairs au fond de ses pupilles anthracite. J'essaie de me libérer en glissant mes doigts sous les siens. Peine perdue. Telles les mâchoires d'un pitbull, son poing semble tétanisé dans une position définitive. Du coin de l'œil, j'aperçois le parapluie qui tournicote sur l'herbe mouillée. Son autre main attrape le reste de ma chevelure. Voilà, je suis immobilisée sous la contrainte d'une créature animée par la haine.

— Lâchez-moi, aïe ! Et partez ! Vous êtes ici chez moi !

— Pas avant que tu ne m'aies promis de ne plus revoir Éric, menace sa voix chargée de fiel.

Des larmes suintent au bord de mes yeux. J'ai la sensation que ma nuque outrageusement incurvée va se briser. Le cuir chevelu brûlant m'embrase les joues. Par ailleurs, mon odorat s'est soudain affûté. Par mes narines remontent la fragrance de la terre abreuvée de pluie, l'odeur de la pierre humide, celle des feux de bois qui se consument dans le village, le parfum capiteux sur la peau de Valérie. Chaque fois que je halète, chaque détail olfactif se décompose comme dans un prisme.

J'ai peur. Je suis terrifiée à l'idée de ce que la jeune femme peut me faire subir. Va-t-elle me faire courber l'échine jusqu'au sol pour m'humilier ? Me griffer le visage afin que chaque matin en me voyant dans le miroir je me rappelle son avertissement ? Me rouer de coups pour m'éviter de sortir et croiser les pas d'Éric ?

Mollement, je détends le pied et rate son tibia. Pas simple de rassembler des forces dans ses jambes quand on est sur le point d'être décapité. J'essaie de nouveau en déplaçant mon bassin. Cette fois, le coup part avec plus de puissance. Mon adversaire esquive avec souplesse et son mouvement accentue la traction sur mes cheveux, galvanise sa revendication :

— Jure-le ! Allez, j'attends !

— Aïe ! Mais arrêtez ! Je me f...

— ... Dis-le, je veux l'entendre de ta bouche !

Je sens comme des aiguilles piquées dans ma peau ; des cheveux cèdent et quittent ma crinière. Telle une condamnée à mort, je peine à respirer. Je pantèle. Je suffoque. J'ai la vision affreuse et absurde qu'elle cherche à me scalper.

Qu'on en finisse. Qu'elle disparaisse de ma vie, cette conne qui refuse de m'entendre.

— Je... (Ma voix altérée devient très fine, à peine audible.) Je vous le promets...

— Tu promets quoi ?

— Aïe !

Séréna. C'était son prénom. Il lui allait si mal. Instantanément sa figure me revient alors que je croyais l'avoir oubliée. C'était une terreur au collège. *La* terreur absolue. Très brune, peu encline à appliquer les règles élémentaires d'hygiène sur sa personne, elle était casquée d'une tignasse de cheveux ébouriffés, comme un diable. Si par malheur nous ne pliions pas à ses dogmes, elle abattait sur nous les foudres de sa violence. Forte comme un garçon, avec un cou de taureau et une carrure de déménageur, elle imposait sa tyrannie sur le groupe de filles qui avait la malchance de partager sa classe. Avec sa voix masculine et ses manières brusques, elle nous intimidait d'entrée et déclarait les hostilités pour des broutilles. Juste pour asseoir sa supériorité. Pour s'assurer que le collège lui garantissait un sanctuaire dans lequel enfin elle maîtrisait les règles du jeu. Et comble absolu de l'horreur, elle jouissait d'une santé de fer et ne tombait jamais malade, ne nous offrant aucun jour de répit. Au bout de trois ans à tourmenter son petit monde, elle disparut du jour au lendemain, sans explication, jetant le cercle des filles dans une incertitude équivoque où se côtoyaient espoir insensé de ne plus la revoir et crainte inversement proportionnelle de son retour. Nous ne la revîmes plus. À la fin de la classe de troisième, j'appris d'un professeur avec lequel j'avais tissé des liens amicaux que les parents de Séréna avaient été dénoncés pour maltraitance sur leurs enfants. Pour son bien, selon les services sociaux, la fratrie avait été séparée, Séréna, l'aînée, placée en foyer. Bien que je n'aie jamais éprouvé de sentiment quelconque pour la teigne de mes années au collège, cette confidence avait laissé en moi une empreinte de culpabilité plus que de soulagement.

En l'occurrence, l'habit ne fait pas le moine. Car la teigne présente qui m'empoigne la chevelure avec une violence inouïe est si propre sur elle que l'attaque imprévisible en demeure incompréhensible. Elle imprime à mes veines un surcroît de circulation sanguine et me fait craindre le pire.

— Tu promets quoi ? Hein ?

— S'il vous plaît...

— Je n'entends pas : articule !

— M'éloigner... d'Éric.

La poigne autour de ma tête résiste. Un instant, je crois m'être trompée. Qu'attend-elle d'autre de moi pour me lâcher ? Les battements anarchiques de mon cœur cognent sur ma cage thoracique. Je crains de m'évanouir de terreur. Alors, d'une secousse, elle m'envoie choquer contre ma porte entrouverte. Le battant cède, s'ouvre entièrement et claque sur le mur, m'emportant avec lui. Je perds l'équilibre et finis par chuter sur les dalles de l'entrée. Honteuse, j'ose à peine lever les yeux vers Valérie qui semble se repaître de la misérable mise en scène. Levant le menton, elle m'adresse une expression cauteleuse. Elle tapote ses mains l'une contre l'autre, comme pour se défaire de cheveux prisonniers de ses doigts. Puis, souple et féline, elle récupère son parapluie et ajuste son serre-tête. Lorsqu'elle baisse un regard guindé sur ma silhouette rétractée contre la porte, un sourire sardonique étire ses lèvres :

— Il est à moi. J'espère que tu ne l'oublieras plus.

Sur son parapluie, les gouttelettes de pluie martèlent le tissu comme des soldats victorieux piétinent un champ de bataille. Alors, satisfaite de son petit effet, certaine de son efficacité, elle tourne les talons.

## *Adaptation de la cassette 19*

La colère noire des cieux caracole sur les ardoises et des larmes de pluie ruissellent sur les vasistas du grenier. À travers chaque vitre, le paysage a disparu derrière un écran aquatique effrayant. J'ai ruminé toute la journée cette fâcheuse entrevue avec Valérie. Message reçu cinq sur cinq. Il faut dire qu'elle a été très… persuasive. Et quand je dis cela, j'ai le cuir chevelu hérissé, encore un peu sensible par endroits. Toutefois, l'envie me consume d'aller parler à Éric, malgré ma promesse, au moins pour lui dire ses quatre vérités : *tu joues à quoi avec moi ?*

Je lui trouve des circonstances atténuantes, lui qui a tant aimé ma sœur. Je devine qu'il a dû avoir le cœur brisé quand elle l'a plaqué, surtout si c'était pour sortir avec son frère aîné. Je crois qu'on ne guérit pas tout à fait d'un amour adolescent. Il subsiste, longtemps après, une espèce de mélancolie, le rêve naïf de ressusciter la romance, que tout est encore possible.

Néanmoins, Éric n'est pas mon amour de jeunesse. Et il s'éloigne de plus en plus de l'icône que j'en avais conçue dans mes scénarios fantaisistes que les dires de ma sœur alimentaient. Il n'en reste pas moins le sentiment d'une nostalgie tenace, un chagrin d'amour en demi-teinte. Pour me secouer, je me dis qu'un homme qui me fait pleurer n'a pas sa place dans mon cœur.

— Si j'avais su que tu viendrais me rendre visite, j'aurais fait des merveilles, par ce temps !

Des merveilles... Après l'épisode avec Valérie, le contraste en est presque risible.

Des merveilles... Prononcer ce mot vous imprime immanquablement un sourire et dépose un goût sucré sur votre langue. Ronds et chauds, légèrement allongés, ces petits beignets gonflés comme des gâteaux cèdent sous la dent et constellent les lèvres de cristaux de sucre. Ceux de la cuisinière de Mme du Tilleul, parfumés à la fleur d'oranger, déclinaient à eux seuls ce que recèle la tendresse : dorés et tièdes comme le bon pain, doux au toucher, une simple bouchée vous emplit d'un bonheur inouï, conforte votre place en ce monde et vous réconcilie avec votre enfance.

Faute de merveilles, Finette ouvre une boîte en fer où sont rangés des biscuits secs. Secs ? Enfin, c'est vite dit : conserver le craquant des biscuits, tout comme le sablé du sel ou du sucre en poudre par temps humide comme aujourd'hui, cela relève du défi, limite du miracle. Pas pour Finette qui me tend la boîte en commentant avec malice :

— Ils sont frais car je les entrepose au frigo. Ainsi, ils ne deviennent pas mous !

À l'instar de l'enfant que j'étais, je jette mon dévolu sur un petit gâteau rond surmonté d'une perle de confiture de fraise figée. En une fraction de seconde, je redeviens la fillette que Mme du Tilleul avait apprivoisée en abusant de ma gourmandise. Commence alors le rituel qui me fait régresser vers l'époque où tout n'était que succession de jours sans contrainte ni mesure temporelle. Peu à peu, mes incisives grignotent le biscuit en l'attaquant par les contours. Au fur et à mesure, je tourne la gourmandise et avance dans mon œuvre de rognage minutieux. Pas une miette ne tombe sur la toile cirée : j'aspire la moindre poussière de ma portion de paradis. Enfin, il ne reste plus que le cœur ; je débarrasse la perle de confiture rouge des vestiges de son trône, en grattant bien avec les dents. Ne subsiste alors que ce petit bout de rubis que je contemple quelques instants tel un trésor mis au jour. Pour le moment suprême où j'enfouis la perle dans la bouche, c'est un peu comme si je soumettais quelque chose de précieux en sacrifice, une offrande au dieu de la gourmandise. Et croquer pour finir cette confiture figée ? Sacrilège ! Non, il faut la laisser fondre sur la langue et écouter le chant des papilles soupirant de ravissement...

— Et ton père avait une maîtresse, m'as-tu dit ?

Finette rompt la parenthèse et me ramène aux tracas du moment.

— Oui. Et impossible de savoir qui c'était.

— Tu es sûre qu'il la voyait au village ?

Un instant, mon regard s'égare. Je visualise le Castel campé sur les hauteurs, et la belle Magda au charme aussi ensorceleur que celui de son fils. Finette complète sa remarque :

— Elle en est peut-être partie depuis, tout simplement.

— Tu dois avoir raison.

— Et j'imagine que tu n'as jamais rien remarqué, soupçonné quoi que ce soit.

D'un signe de la tête, je réponds par la négative. Me rappelant que mon amie ne peut s'en rendre compte, je murmure :

— Non. Et je ne comprends plus rien à mon passé.

Même sans me voir, Finette tend la main par-dessus la table entre nous et trouve mon bras qu'elle se met à caresser.

— Quand mes parents ont divorcé, reprend-elle, j'ai longtemps cru que c'était de ma faute. Je me figurais que c'était à cause de mon handicap, chacun de mes parents voulant le meilleur pour moi et ne parvenant pas à un accord. Durant des heures, je les entendais se disputer, ma mère prétendant que seul un institut en ville favoriserait mon développement intellectuel, mon père refusant au motif que je pourrais continuer à m'épanouir et m'orienter comme un poisson dans l'océan uniquement dans ces montagnes. Cependant, derrière leurs intentions bien louables se cachaient deux autres desseins distincts. Mes parents avaient eux aussi leurs secrets.

— Laisse-moi deviner : ils avaient honte de te montrer au monde ? Ils menaient une double vie ?

— Ma mère avait le béguin pour un Toulousain, un homme qui louait le moulin de Léontine. Avec sa femme et ses quatre garçons, ils venaient de temps en temps au village. Tu te souviens sûrement des enfants. Ici, tout le monde les appelait « les Dalton » !

Je ris à l'annonce du sobriquet dont fut baptisée la fratrie. Aussitôt, j'imagine les enfants habillés de la même façon et se déplaçant toujours en colonne, du plus petit au plus grand. Finette précise :

— J'étais enfant, et je ne savais pas interpréter ce que je constatais : sa voix s'altérait quand elle nous parlait ; elle était devenue plus lointaine, plus détachée. Son parfum ne sentait plus pareil. Je sais à présent que c'était parce que son corps ne réagissait plus comme avant, un peu comme si un composant chimique s'était modifié. Elle avait un amant, c'était aussi banal que ça.

Laborieusement, je somme ma mémoire de déceler des indices dans l'attitude de mon père révélant sa liaison. Vaine quête. Dans le monde idéal de l'enfance, les imperfections sont gommées pour qu'il ne reste que le beau, ce qu'on évoque avec une nostalgie complaisante. Pourtant, je pense que Finette a raison sur un point : il est fort probable que ma mère, elle, ait discerné des signes, deviné l'infidélité de son mari. L'évoquer avec Finette me dérange. Salir mes parents me peine déjà bien assez ; inutile de creuser la question. Bien qu'il y ait prescription, la découverte fraîchement mise au jour chamboule mes repères comme si les événements venaient de se produire. Alors je reviens au passé de l'aveugle :

— Et cette famille Dalton vient toujours ?

— Lorsque ma mère a quitté mon père, elle espérait rejoindre ce Toulousain. Il lui avait promis qu'il plaquerait tout pour elle, femme et enfants. Mais il n'a jamais tenu parole, tu penses bien. Avec ma mère, nous sommes restées dans notre appartement minable. Il faut le comprendre, le pauvre homme : accepter de vivre avec ma mère, c'était aussi s'enchaîner au fardeau que je représentais. Par la suite, lui et sa petite famille n'ont plus jamais loué le moulin de Léontine. Un lâche, comme tous les hommes.

Et sur les hommes, avec son activité sur le téléphone rose, Finette en connaît un rayon.

— Et ton père ?

— Pour lui, c'est l'inverse, commente Finette en se dressant. Il espérait que je m'approprie les environs, que les lieux n'aient plus de secret pour moi. Lui, ce qu'il veut, c'est quelqu'un pour garder la maison quand il n'est pas là. Et puis, plus tard, ce sera quelqu'un pour ses vieux jours. Il est terre à terre, mon père. Pas courageux pour reconquérir sa femme, car il se doute que je suis ligotée à lui.

Malgré ses pupilles mortes braquées sur ma personne, Finette semble me fixer vraiment, me transpercer et lire en moi. Ses yeux ombrés de mauve sont fascinants. J'éprouve cette étrange sensation que mon amie m'observe.

— Alors, à présent que tu es devenue adulte et que tu as tout traversé avec brio, quelle était la bonne décision ? Lequel de tes parents a eu raison te concernant ?

— Ni l'un ni l'autre. Finalement, ils avaient tous les deux un peu raison et un peu tort. C'est sans doute pour cela qu'il était si difficile de trancher. Grâce à l'institut où j'ai été scolarisée, j'ai pu me former et apprendre à vivre en société avec mon handicap. En revanche, bien que je me sois en quelque sorte enterrée en m'installant dans la maison familiale, c'est ici que j'aime vivre et que je me sens bien, en sécurité. Dans une grande ville en perpétuel mouvement, impossible. Je n'ai jamais réussi à m'y faire. Pour moi, vois-tu, le télétravail, c'est ma bouée de sauvetage.

Un sourire navré lui étire les lèvres. Malgré le léger strabisme, son visage ressemble à celui d'une madone, empreint de douceur et de mélancolie. Avec sa chevelure de velours noir cascadant librement sur ses épaules, elle dégage une sensualité farouche et têtue, à la fois rassurante et craintive, telle une enfant sauvage mais attachante vous ferrant le cœur.

Je ne pars pas les mains vides : la jeune aveugle me glisse la boîte en fer. Un geste simple, le cadeau en devenir.

— Ce n'est rien, mais cette boîte, je suis sûre qu'une fois le dernier biscuit croqué, tu trouveras quoi y entreposer.

Une fraction de seconde, je repense à la table de mon studio toulousain. Sur le plateau chancelle une pile de cassettes sur lesquelles je m'enregistre mais dont je ne perçois pas encore le bénéfice.

Avant de quitter mon amie, j'éprouve le besoin de me repentir, de lui raconter ma quête auprès d'Éric et comment cet homme s'était trompé sur mes sentiments. De lui dire combien je suis désolée pour elle qui est éprise de cet inaccessible individu.

— Quoi ? s'exclame-t-elle, me faisant presque regretter ma franchise. C'est la meilleure ! Oh non, ma Tess, je ne sais pas ce qui t'a fait croire ça, mais je n'ai jamais été amoureuse de lui : trop bourgeois pour moi !

## *Adaptation de la cassette 20*

Obéissant aux remarques de Finette, le grand ménage a lieu dès le lendemain. J'ai enfin enterré sagement mes illusions. J'ai enfin pris la mesure que les apparences peuvent être trompeuses, que le passé n'était pas si idyllique que je le rêvais.

Levée avec l'aurore, je fais subir un vrai bouleversement aux pièces de la maison. La première qui en fait les frais, c'est la chambre de Liza. Littéralement, je la déshabille, avec une rage insoupçonnée : je brûle les rideaux et le couvre-lit pour en installer de nouveaux, plus lumineux ; je ponce le bois de son armoire, du bureau et du cadre de lit pour en faire disparaître la couleur pêche qu'elle affectionnait tant. Après avoir arraché la tapisserie, je passe un coup de rouleau sur le plâtre. Trois jours de labeur vengeur. Une fois les meubles disposés différemment, sans aucun doute possible, j'ai effacé toute trace de Liza. La pièce sent le bois brut mis au jour, la peinture fraîche, le parfum de la lessive de printemps. Aux murs, deux tableaux inédits achetés sur un marché se font face.

Les nuits et jours suivants, la grande pièce du bas subit le même sort. Décapés, les meubles offrent toute une gamme d'essences de bois, depuis la blondeur de la huche en pin à la teinte cacao de la table basse. Je décrète de laisser la table de la cuisine sans toile cirée, révélant la nudité du plateau en hêtre dont j'ignorais la majesté. Des coussins recouvrent la paille des chaises, encombrent le sofa habillé d'un tissu champêtre tout neuf.

Quant à la chambre de mes parents, j'ai dû me faire violence. Les vestiges de leur vie entre ces quatre murs instillaient en moi peine et crainte, espoir et prudence. Le tissu décati du couvre-lit hurlait pourtant sa vétusté autant que le voilage poussiéreux à la fenêtre. À l'instar des descentes de lit, étalées comme mortes sur le parquet, l'ensemble du mobilier semblait sortir du tombeau d'un pharaon. Déclin et décrépitude. Alors qu'autrefois cette pièce respirait la lumière et le mystère auréolant les époux immortels et inséparables, tel un couple royal. J'ai dû me résoudre à balancer leurs habits dans des sacs-poubelles et à jeter tout ce qui séquestrait le souvenir de leurs existences. J'ai même brûlé le carnet compromettant de mon père.

Lorsque, trois semaines plus tard, les poings sur les hanches, je contemple le résultat, je dois admettre que Finette avait raison. Désormais, dans cette maison que je connais par cœur, je ne suis plus chez mes parents. « À présent, ici, c'est chez moi ! » Du moins, je me fiche cette idée dans le crâne. J'essaie par tous les moyens de planter les graines de l'espoir, du bonheur simple et immuable là où un tremblement de terre a semé le chaos. Dans la cheminée finissent de se consumer les reliques d'une époque révolue. Mes mains peuvent à présent cicatriser, mes ongles se régénérer. La poussière retombe et s'étonne de voiler des surfaces inédites.

Je réalise soudain que Valérie et Éric se sont mariés. Il paraît d'ailleurs que la cérémonie était belle, sous le regard ébloui de deux cents convives. Les tourtereaux partis en voyages de noces, le Castel n'abritait plus que Magda, telle une reine dans son vaste château déserté.

Depuis le chemin où je m'arrête alors que je me rends chez Finette, j'aperçois la demeure, dont la majorité des volets sont clos à présent. Une page s'est tournée pour Magda. Et, malgré son irascibilité et les soupçons d'adultère avec mon père, au fond de moi, je la plains. Veuve, ayant perdu un fils de façon dramatique, la voici dorénavant abandonnée dans un coin perdu loin de son pays natal.

## *Adaptation de la cassette 21*

Entre-temps, le permis d'inhumer fut délivré pour le mari de Maïa. Entourée d'un groupuscule restreint de villageois, la Chinoise de confession bouddhiste avait sacrifié au rite d'un enterrement chrétien. Je me souviens de son visage digne, impassible malgré la certitude que le deuil de son mari était désormais irrévocable. Auprès d'elle, la tenant par la main, Kimi aussi faisait bonne figure, même si on devinait qu'elle avait dû pleurer ce papa qu'elle espérait connaître un jour. Je fus ébranlée en la voyant esquisser ce mouvement qui m'avait été ravi de façon cruelle : dans un moment de faiblesse, elle se déplaça légèrement en retrait derrière la robe noire de Maïa. Je me rappelai cette impression de vertige qui me saisissait parfois lorsque m'étreignait le désir ou le besoin de me blottir derrière le rempart du corps de ma mère, d'un pan de son manteau, de l'ourlet de sa jupe. Privée de pouvoir le faire, en plus de la dimension affective, le manque de ma mère s'était fait physique. Chaque jour me jetait face à mes craintes, mes défis, sans personne sur qui m'appuyer, me cacher à moitié, le temps de prendre des forces et d'affronter la délicate situation.

Une enquête avait été ouverte. Et la veuve avait été entendue. C'est Ginette qui m'avait informée :

— Ben oui, ils ont pratiqué une autopsie.

— Vraiment ?

— Ils ont fait des prélèvements. Enfin, moi, je sais pas exactement. *Boudu*, c'est plus de mon âge, ça. Mais bon, on ne me fera pas prendre des vessies pour des lanternes, hein !

À sa façon, Ginette me rappelle mes séjours chez Mme du Tilleul, la vieille amie de ma grand-mère. Chez elle, comme partout ailleurs où je séjournais, j'apprenais toutes sortes d'expressions. Si celles de la paysanne d'ici sont un brin rustiques, celles que je piratais dans la maisonnée bourgeoise au cœur de Bordeaux revêtaient une tout autre couleur. Aujourd'hui encore, chaque fois que j'entends quelqu'un formuler une question commençant par « Puis-je », impossible d'ignorer l'écho de ses répliques désuètes : « Je puis demander à la cuisinière de nous préparer des biscuits : elle les réussit à merveille ! » *Je puis* lui donnait vraiment un air délicieux : « Plaît-il ? Si je puis me permettre... » ; « Je puis tout aussi bien régler cela moi-même : n'allez pas vous mettre la rate au court-bouillon ! ». *La rate au court-bouillon...* Un peu comme les jurons farfelus du mari de Ginette, dans un coin de ma tête, j'enregistrais ses tournures : « La pauvre, depuis que son fils a jeté son bonnet par-dessus les moulins, elle a beau crier haro sur le baudet, il n'en fait qu'à sa tête ! » ; « S'il croit que je n'ai rien vu de son petit manège : il a l'intention de déménager à la cloche de bois... » ; « Le brave : il a beau faire, il donnera toujours l'impression de s'être coiffé avec le loquet de la porte ! ».

Ne s'étant pas aperçue de mon incursion dans le passé, Ginette m'explique :

— Avec les avancées de la police scientifique, ils ont trouvé un truc vraiment bizarre.

De la poche avant de son tablier, Ginette tire un mouchoir à carreaux et entreprend de s'éponger la lèvre supérieure où perle un peu de sueur dans sa moustache. Depuis quelques jours, les températures jouent aux montagnes russes. Aujourd'hui, c'est canicule. Ce soir, de nouveaux orages devraient éclater sur les Pyrénées.

— Comment ça, *bizarre* ?

— Il paraît que le Victor, ben il aurait été empoisonné.

— Quoi ?

— C'est Maïa qui m'a rapporté ça. Même que les gendarmes l'ont interrogée pour savoir si son mari avait des ennuis, des ennemis...

— Empoisonné ?

— Ils sont même venus me poser des questions, à moi, pour que je leur dise comment était le couple. Après, ils ont voulu connaître nos relations avec lui. Autant dire que j'en menais pas large : les différends avec le Victor, on avait de quoi écrire un livre !

— Le mobile, c'est une chose. Trouver des preuves, c'en est une autre.

— Tess, on voit bien que tu n'es pas d'ici. Figure-toi qu'ils sont malins, les enquêteurs. Après m'avoir mitraillée de questions, deux d'entre eux sont revenus de la grange. Moi, je savais pas qu'il y en avait d'autres qui furetaient pendant que j'étais interrogée.

— Qu'ont-ils trouvé dans ta grange, Ginette ?

— Ben tu sais bien, ce qu'on trouve dans toutes les granges du coin : de l'arsenic.

Je reçus une douche froide.

*De l'arsenic.*

Sauf que celui sur lequel j'étais tombée se trouvait dans les affaires de ma mère. La petite fiole à la tête de mort se mit à me narguer.

— Tu... tu as une idée de qui aurait pu l'assassiner ?

Ginette hausse les épaules pour signifier qu'elle n'en sait rien. Mais son regard indique qu'elle a de fortes présomptions.

— Il y a quand même un truc qui cloche, admet-elle.

— Vraiment ?

Je sens ma nuque devenir moite. Subitement, un frisson me parcourt.

— C'est mon Anselme qui s'occupait de ça. On descendait pas toujours à Castillon pour refaire le stock. Et puis c'était réglementé : fallait signer un registre.

La moiteur enrobe mes omoplates et mon cœur fait une embardée sévère. Le front soucieux, Ginette semble réfléchir à voix haute :

— Et je sais très bien qu'il avait toujours une flasque d'avance. Mais là...

Lentement, une perle de sueur coule le long de ma colonne vertébrale.

— ... Là, il en manque une. C'est pas normal, non, ça, c'est pas normal du tout.

Ce que j'ai du mal à concevoir, c'est ma mère allant chiper du poison chez ses voisins. Peut-être que le mari de Ginette lui avait remis un flacon sans en informer sa femme ? Malgré l'incohérence et l'absurdité de cette énigme, la disparition de ce flacon et le meurtre du mari de Maïa se télescopent.

— Ginette, tu penses que quelqu'un d'ici aurait pu assassiner Victor ? Et peut-être même que cette personne aurait justement dérobé une fiole d'arsenic chez vous, pour ne pas que les soupçons se tournent vers elle ?

Je n'aime pas du tout le regard incrédule de Ginette. Je sens que, dans son cerveau, les connexions vont bien plus vite que le travail minutieux de la police. Sans aucun doute, elle a une longueur d'avance. Elle en sait bien plus qu'elle ne le prétend. Je le vois à sa bouche qui s'ouvre moins grand quand elle parle, comme si, les lèvres serrées, elle maîtrisait la quantité d'information à révéler.

— Personne ne raisonne ainsi, ici.

— Mais alors, Ginette, tu soupçonnes ton mari de...

— Eh, oh ! s'emporte-t-elle. T'as pris un coup de lune, toi, ou quoi ? On n'était pas les seuls à souhaiter le voir calancher, ce diable, mais quand même...

— Pardon, pardon. Je cherche, comme toi, à trouver une explication plausible à tout ce mystère. Je ne voulais pas salir la mémoire d'Anselme.

Contrite, j'attrape la main de Ginette pour la serrer dans la mienne.

— Moi non plus, je n'adhère pas à cette thèse, crois-moi, Ginette.

La fermière s'apaise. Elle plisse les yeux et son regard se perd au loin, revisite le passé. Les lèvres pincées, elle pense tout haut :

— Pourtant, on connaît tous à peu près les doses. On se débarrasse pas des doryphores comme on liquide un cheval.

Sur le bord du foulard qui lui couvre la tête se pose une coccinelle. J'ai soudain une irrépressible envie de recueillir l'insecte, de le laisser cheminer jusque sur le bout de mon index tout en chantant le refrain :

*Coccinelle, demoiselle, bête à bon Dieu, envole-toi !*

La petite bête grimpe jusqu'au sommet du crâne de la paysanne puis s'immobilise. Elle semble piétiner un peu comme on s'essuie les pieds sur un paillasson, soulevant à peine son fin jupon. Une brise légère chatouille les élytres écarlates, les invitant à s'écarter. Déploiement des voiles et envol de l'insecte discret.

Cela me saisit subitement : j'entends mon père fredonner. Depuis quelque temps, il s'était remis à chantonner dans l'appartement de Toulouse, ou quand il bricolait à Peyreloungo. Il chantonnait et cela agaçait ma mère. Finette parlait de signes imperceptibles et annonciateurs. Oui, mon père s'était remis à fredonner car il était heureux. Il était amoureux.

— Mais j'y pense, Tess : ta mère n'était pas venue trouver mon Anselme pour votre histoire de taupes ?

— Les tumulus dans le potager ?

— Ça me revient maintenant. Moi, je trouvais ça franchement curieux qu'elle vienne nous demander s'il existait un produit efficace. En plus, on ne se fréquentait jamais. Pardon, mais ton père, je le trouvais trop mou et ta mère trop colérique. Pas bon ménage, tout ça.

Malgré moi, j'arque un sourcil dubitatif : Ginette n'est-elle pas un exemplaire d'épouse au sang chaud imposant sa loi à un mari bonne pâte ? Par ailleurs, ma mère ne ressemblait-elle pas à ma grand-mère, la bonne-maman caractérielle dominant son époux d'une placidité désarmante ? L'inverse existait aussi : la douce Mme du Tilleul courbant l'échine devant son général de mari, Maïa soumise à un époux exigeant. Finalement, ce schéma se répétait, comme s'il était naturel pour un couple de se compléter avec des tempéraments opposés. Et en badinant avec Magda, l'irascible Allemande, je soupçonne aussi mon père de reproduire malgré lui une combinaison classique. Un dominant, un dominé.

— Bref. Je l'ai laissée discuter avec Anselme. J'avais d'autres chats à fouetter que de l'écouter se plaindre.

Mon pouls s'accélère sensiblement. Ginette, plissant ses yeux, est en train d'effectuer le même rapprochement que moi : le flacon manquant dans sa grange était en possession de ma mère.

Ce qui ferait de ma mère une criminelle. Et là non plus, rien ne colle, car je ne vois aucune raison pour laquelle ma mère aurait souhaité éliminer Victor.

Un goût de bile me remonte l'œsophage.

Je sais qu'il persiste de nombreux black-out dans mes souvenirs, des éléments refoulés et enfouis très profond de peur de les voir rejaillir. Mais rien ne me revient à propos d'un conflit sévère entre ma mère et le mari de Maïa. Une histoire sérieuse et grave au point de pousser ma mère à assassiner un homme. D'autant que ce Victor semblait si souvent absent, laissant Maïa seule dans ce hameau perdu. Seule avec leur petite Kimi.

Tout à coup, cela m'éblouit telle une évidence :

— À supposer que la flasque d'arsenic manquante ait été utilisée par ma mère, et à supposer qu'elle l'ait fait dans l'intention d'éliminer le mari de Maïa, cela ne concorde absolument pas. Je veux dire, mes parents étaient déjà morts.

— Ils...

— Si, allons, Ginette, pas besoin d'être fort en calcul. Il s'est écoulé, quoi, au moins deux, trois ans entre l'accident de mes parents et la disparition de Victor.

— Combien dis-tu ?

— Eh bien, j'estime la mort de Victor à huit ans peut-être. Neuf maxi.

Et là, c'est tout à fait plausible et synchrone. Heureusement que la silhouette légère de Kimi m'a aidée sur ce coup : la fillette de huit, neuf ans n'a pas connu son père, certes, mais pour qu'elle soit conçue, il a bien fallu qu'il fût présent. Vivant.

— *Non pas, paure pichona.* Le Victor, c'est seulement quelques jours après votre départ qu'il s'est perdu dans la montagne. Il rentrait à peine d'une mission de deux ou trois semaines en Inde, ou quelque part en Asie. Je m'en souviens très bien, figure-toi. C'était le temps où la vieille Dalida s'était cassé la patte. Qu'il a fallu l'abattre, pauvre bête. Quand on a demandé à Victor, dont le taxi venait de s'éloigner, s'il pouvait s'en charger parce qu'il avait un fusil, il nous avait envoyés paître, le sinistre personnage. On a dû faire venir le véto. Ça nous a coûté un bras. Et puis on était tout retournés de l'avoir tuée, notre vache. C'est qu'elle était bien brave et qu'elle était généreuse en lait. Quand mon Anselme a voulu dire le fond de sa pensée à notre voisin ingrat, ben il y avait plus que Maïa à la ferme. Tu te rends compte ? À peine débarqué de l'avion qu'il était déjà ressorti. D'ailleurs, ça nous inquiétait car, quand il arpentait les parcelles, c'était surtout une façon de contrôler ce que fabriquaient ses voisins sur les terrains attenants aux siens. Pour faire des histoires, et surtout les tourner à son avantage. Pire qu'un huissier, le Victor !

Les palpitations de mon cœur s'accélèrent. Comme pour nier une vérité qui peu à peu me dérange, j'insiste :

— Il s'est volatilisé juste après notre dernière venue ici ? Non, non, Ginette. Ce n'est pas possible. Regarde : l'âge de Kimi. Elle n'est quand même pas née plusieurs années après le décès de son père ?

— Kimi ? Comme sa mère, elle fait pas son âge. Toutes les deux, elles ont le même format. Elles sont petites, les Asiatiques. Si le Victor avait été là pour voir sa fille à la naissance, il aurait été bien scandalisé de voir que l'enfant avait surtout hérité de sa mère.

Je m'entends à peine demander :

— Elle a quel âge, Kimi ?

— Douze ans cet automne. Ça t'en bouche un coin, hein ? Allez, va, s'il le faut, on se fait du mouron pour rien, tempère Ginette. Notre foutu voisin, il a peut-être été empoisonné par un *pelòi* qu'on n'a pas encore identifié, mais qui avait de sérieuses raisons de lui en vouloir. Et, tu peux me croire, il y en avait, des gens qui auraient bien voulu lui faire manger les salades par le trognon.

## *Adaptation de la cassette 22*

Malgré le réaménagement des pièces, les coups de ponceuse et de pinceau, le tri sévère des objets, j'éprouve le sentiment d'être une étrangère dans ma propre maison. Autant, avec l'agencement précédent décidé par mes parents, j'avais la sensation d'être encore chez moi, autant, depuis mes récentes découvertes, l'impulsion de vie n'y est plus. Aucun signe tangible n'atteste que la maison me ressemble. Un peu comme si j'avais mis toute mon énergie à faire en sorte qu'elle demeure impersonnelle. C'est peut-être parce que j'ai la conviction que quelque chose entache ce que je concevais comme étant mon paradis, un lieu où l'empilement des heures insouciantes jette un voile sur la vérité. Les souvenirs enjolivent et travestissent la réalité. Dans une sorte de déliquescence inéluctable, le présent a des relents amers. Depuis quelque temps, l'impression de gueule de bois ne me quitte plus. Et malgré la nouvelle décoration, chaque recoin de la maison semble désormais me narguer, m'accuser d'une naïveté incommensurable.

J'étais témoin. Je n'ai rien vu. Voilà la contradiction pathétique qui vient de se greffer à ma vie.

* *
*

*Intuition intime*

Je me rappelle parfaitement le sentiment qui m'avait étreinte à l'écoute de cette cassette. La bande grésillait passablement. L'humidité, sans doute. D'ailleurs, je ne suis pas parvenue à tout entendre. Cependant, à ce moment précis, je mesurais l'impossible quête. Le rêve qui sans cesse se dérobe. Cet acharnement stérile de Tess à trouver son havre, un lieu où se retirer. Un jardin.

Ce fut à ce moment-là que l'évidence me foudroya, que le projet d'écriture s'enracina. Transcrire les paroles de cette jeune femme. Pour que son geste ne fût pas vain.

Entreprendre de donner corps à un discours à peine esquissé s'était alors imposé. J'étais en empathie totale avec Tess. Je me souviens d'avoir enfoncé le bouton « Pause », mes idées en arborescence. Avoir longuement observé la boîte en métal presque vide, les boîtiers éparpillés sur mon bureau.

Cette voix avait creusé son lit dans mon oreille. Elle m'était devenue familière, d'une présence presque matérielle dans mon quotidien. J'éprouvais alors l'angoisse qu'un drame survînt. Encore cinq cassettes, et l'épilogue me serait dévoilé. Du moins je l'espérais de toutes mes forces.

## *Adaptation de la cassette 23*

Les taons se déchaînent autour de moi. La fin août éclate de mille feux dans l'éblouissante torpeur des prés écrasés sous une chaleur accablante. Sur les estives avancent les troupeaux : de loin, on distingue les bêtes qui font comme des larves arrimées au vert mat des pâturages. Lorsque je m'arrête pour contempler les toits du village, une douleur incendie un point sur la peau de mon avant-bras et me ramène à la réalité : un taon a profité de mon inattention pour me piquer. D'un réflexe, je flanque une raclée à l'insecte qui tombe au milieu des cailloux.

Une tarte au fond de mon panier, je hâte le pas pour atteindre au plus vite le hameau à quelques encablures de chez moi. Sur la terrasse, Kimi joue à la corde à sauter, insensible à la température caniculaire.

— Tess, ça me fait plaisir de te voir ! m'accueille-t-elle en s'avançant vers moi, le sourire accroché aux yeux. Oh, qu'est-ce qu'il y a sous ton torchon ?

— Je vous ai fait une tarte au citron.

— Miam !

— Quelle idée bonne, commente Maïa qui revient de la grange. Entrons nous mettre à l'abri. Dehors, avec les taons, ce n'est plus possible.

Kimi nous précède dans l'humble fermette et dépose sa corde à sauter sur la console près de la porte. Maïa la suit et retire son chapeau de paille, le suspend à la patère et lisse sa chevelure. En passant devant l'autel sur lequel sourit un bouddha, elle ajoute un caillou blanc qu'elle agence avec d'autres disposés en demi-cercle.

Ce logis ne peut que surprendre le visiteur. Autant, depuis le jardin, le caractère ariégeois de la bâtisse ne fait aucun doute, malgré les quelques touches excentriques de-ci de-là, autant la décoration intérieure présente un décalage hallucinant. Les pièces, d'un aspect rustique, semblent envahies d'un salmigondis de fantaisies et d'objets asiatiques et colorés. Finalement, les innocents mouchoirs à prières qui se balancent dans le vent au bout du jardin sonnent comme un avertissement : attention les yeux si vous allez plus loin !

Par la fenêtre ouverte nous parvient le caquètement des poules. La chaleur s'est de nouveau amplifiée depuis la veille. Heureusement, les maisons anciennes retiennent une fraîcheur providentielle. C'est le souvenir que j'ai conservé de mes étés d'enfant : un intérieur insensible au rayonnement du soleil, piégeant un peu de frais dans l'ombre des plafonds aux poutres apparentes et retenant l'humidité aux murs adossés à la montagne. Malgré les portes et fenêtres offertes à l'astre céleste, l'habitation entretient des décennies de résistance au climat montagnard. Parfois, une mouche s'aventure dans la pièce. Zigzagant entre le lustre et les bouquets de fleurs séchées, entre les paniers et les rubans de saucisson, elle furète et s'étonne de l'étroitesse des lieux. Souvent, après avoir fait le tour de l'espace sans grand intérêt, elle revient vers la fenêtre mais rase le mur. Alors, prisonnière derrière la vitre, elle bute, avec un martellement têtu, sur le carreau qu'elle ne peut traverser. Un peu comme moi en ce moment tentant de franchir un plafond de verre.

Néanmoins, le battement d'ailes que je perçois bourdonne intelligemment, inspecte la salle de séjour avec méthode et retrouve son chemin vers la sortie. L'un des carreaux à la fenêtre est fendu en diagonale. Un instant, ma mémoire s'évade. Du passé surgit le souvenir du jour où mon père avait dû changer une vitre qu'il avait malencontreusement brisée en colmatant les aspérités du mur avec un peu de mortier. Sous mes yeux voilés s'expose son dos nu, tout en muscles, tournant la pelle dans la brouette où un mélange s'opère : il a recueilli du sable dans le torrent, le marie avec du ciment et de l'eau. La lame de la pelle émet le bruit d'un sabre tranchant dans l'épaisse mixture. Au moment où il s'éloigne pour récupérer la truelle, je ne peux m'empêcher de plonger un doigt dans la surface grise à l'odeur de poussière humide. Mon père me met en garde aussitôt : « Ça va te brûler la peau. Va vite te rincer ! »

— Asseyez-vous, commande notre hôtesse, me tirant de la rêverie. On va se désaltérer.

Butinant de la table vers la cuisine, Kimi apporte des assiettes à dessert, des verres et de l'eau fraîche et les dispose devant nous. Avec prudence, pour ne pas égratigner la fragile meringue, je dénoue le torchon qui retient la tarte.

— Qu'elle est belle ! s'exclame Kimi.

J'observe la fillette, qui a l'air d'avoir trois ans de moins que son âge réel. Et pourtant, elle n'est plus tout à fait une enfant, pas encore une adolescente. Kimi aux yeux de porcelaine. Plongée dans mes pensées, je gratte involontairement l'endroit où le taon a réussi à me piquer. Je brûle de poser la question, une seule question à l'enfant. Vérifier les dires de Ginette. Maïa était donc enceinte lorsque son mari a disparu. Ce constat m'étreint plus fort encore. En somme, l'année de l'accident semble maudite : mes parents y perdirent la vie, tuant aussi leur fille aînée qui, elle, entamait une grossesse non désirée ; durant la même période, le mari de Maïa trouva la mort, seul, empoisonné par un villageois criminel, tandis que sa jeune femme portait leur premier enfant. Et si j'ouvre plus large le spectre, j'ajoute mon chat, abandonné et enfermé dans notre maison qui lui servit de cachot fatal. Et je n'oublie pas le frère d'Éric, suicidé quand il réalise que ma sœur ne sera jamais à lui. Et la vache de Ginette, dont la patte cassée a précipité la fin de vie. La Dalida... Je me demande bien ce que les fermiers avaient trouvé à cette vache pour l'affubler du patronyme de la célèbre chanteuse. J'entends presque le mari de Ginette se justifier outre-tombe : « Parce qu'elle a un œil qui dit merde à l'autre, *tè* ! »

— Ta tarte est parfumée bien, commente Maïa qui apporte un long couteau.

— Tu n'en fais jamais, maman, regrette Kimi en tendant son assiette.

— Il faut avoir une recette bonne, et un peu de *tekik*.

— Du quoi ?

— *Technique*. Maman a toujours du mal avec ce mot. Pire pour *technologique*. Vas-y, maman, essaie de le dire : *technologique*.

— Tekol... Tekono...

— Maman, là, tu as dit un gros mot ! s'esclaffe l'enfant. Tu vois, Tess, je te l'avais bien dit.

— Moi, je trouve que ta mère se débrouille très bien avec la langue française.

Pour me remercier de prendre sa défense, Maïa me sourit. Ses pupilles disparaissent derrière ses paupières étirées. Avec ses pommettes hautes, elle ressemble presque au bouddha de l'entrée qu'un bâtonnet d'encens enrubanne de parfum. Malgré le sourire accroché aux yeux, je perçois qu'un voile de tristesse éternelle drape son regard. Quelque chose s'est brisé en elle, il y a longtemps. C'est fou ce que l'on peut percevoir chez les autres lorsqu'on a traversé un drame.

Pour chasser mes sombres pensées, j'invite avec entrain :

— Bon, on la goûte, cette tarte ?

Sous le couteau affûté, la meringue cède avec un léger soupir, comme si la lame traversait un nuage. Je tends une part à Maïa qui me présente l'assiette de Kimi : les mères n'osent jamais se servir avant leurs enfants.

— Mmm, fait la fillette en emprisonnant sa cuillère dans la bouche, vachement bonne !

— Je me rappelle ta mère, Tess, quand elle m'avait apporté un gâteau au chocolat.

— Mon préféré, commente Kimi.

— Ma mère t'avait fait un gâteau ?

En effet, il y a de quoi surprendre : ma mère avait horreur de cuisiner. En général, c'était mon père qui investissait la cuisine pour nous régaler, ma mère ne préparant que des plats basiques, sans prétention, « parce que je n'ai rien à cacher », comme elle aimait le dire pour se dédouaner.

— Enfin, corrige Maïa, elle m'avait *offert* un gâteau. Tes parents devaient recevoir des amis qui ne sont pas venus. Pour éviter de rapporter le dessert à Toulouse, elle était venue le déposer ici. Il y avait de la crème dessus. C'était très bon.

— Sans vouloir t'offenser, Maïa, je pense plutôt que c'était mon père qui avait réalisé le gâteau. Ma mère ne confectionnait que des trucs rapides et pas compliqués.

— C'était un gâteau de ton père ? s'étonne Maïa. Et pourtant...

J'entends comme un regret dans sa voix. La consternation de n'avoir pas remercié la bonne personne.

— ... Et pourtant... elle m'en avait offert un autre.

— Tu es sûre ?

— Oui. Ce n'était pas le même : il était plus simple, sans crème. Un peu trop cuit.

— Trop cuit ? Effectivement, cela ressemble davantage aux talents pâtissiers de ma mère...

— Ne sois pas trop dure avec elle. Elle voulait juste me plaisir faire.

— On dit *me faire plaisir*, maman, indique Kimi la bouche pleine.

— Tu sais, Tess, elle avait retenu que le chocolat était mon mignon péché. En Chine, jamais je n'ai goûté au chocolat.

Tout en écoutant Maïa me conter ce souvenir, je pressens quelque chose d'absurde. J'ai du mal à croire que ma mère ait pu cuisiner pour une voisine. Quel lien avec cette jeune femme l'avait incitée à contrer son peu d'intérêt pour la création de desserts ? Afin de ne perdre aucun indice susceptible de m'éclairer, je prête une oreille d'une attention redoutable.

— Ta maman savait que mon mari était absent. Elle savait que je me sentais abandonnée. Victor, toujours parti. Mais ce qu'elle ignorait, c'était que j'étais enceinte.

C'était donc vrai. Ginette avait raison : Kimi va sur ses douze ans. Mon cœur cogne soudain plus fort. Comment ai-je pu me tromper à ce point ? Sur quels autres détails me suis-je égarée de la vérité ?

— Ce qu'elle ignorait donc, c'était que mes goûts avaient changé : je ne supportais plus certaines odeurs. Il y avait aussi des aliments qui horreur me faisaient. Et le chocolat me donnait alors la nausée. Mais je n'ai rien dit. Je l'ai remerciée. C'est tout. Et puis je ne l'ai plus revue. C'est ce que je regrette : si j'avais su que c'était la dernière fois que je la voyais, je me serais forcée à en manger un morceau avec elle.

— Moi, informe Kimi, si j'avais eu ce gâteau, cramé ou pas, je l'aurais mangé. C'est trop bon, un gâteau au chocolat ! Du coup, tu en as fait quoi si tu n'as pas pu le manger ? Tu l'as quand même pas donné aux poules ?

— Non, rassure la mère en posant sa paume sur le crâne soyeux de l'enfant. Je l'ai couvert d'un torchon pour ne pas qu'il sèche. Et c'est ton père, rentré de mission quelques jours après, qui l'a mangé.

— Tout seul ?

— Tout seul. Et en un jour ! C'était un gourmand.

Un autre nuage vient assombrir le regard de Maïa. Je devine un nouveau regret que cette anecdote ravive. Les palpitations de mon cœur ne s'apaisent pas. Trop de rumeurs du passé dérangent mes convictions et teintent de tristesse mes certitudes. J'aimerais quitter cette table, et pourtant je suis comme clouée sur cette chaise, vissée par un esprit malin qui cherche à pulvériser ce à quoi je m'accroche.

— Tu viens voir ma chambre ?

Le timbre festif de Kimi m'arrache d'un marécage méphitique. Involontairement, l'adorable môme m'ouvre une fenêtre de liberté. Découvrir ce lieu qui lui ressemble dissipera toutes mes pensées parasites. Par ailleurs, être invité dans la chambre d'un enfant, c'est mieux qu'un cadeau : un privilège. Alors je suis la silhouette menue à l'étage. Et je découvre un univers où les mains maternelles ont recréé tissus et décorations où transpire l'artisanat d'une lointaine province chinoise. Sur un mur, une longue estampe déroulée entre deux bambous horizontaux exhibe des collines fleuries, des maisons traditionnelles sous la protection d'arbres majestueux, un palais impérial caressé par une lumière dorée. L'abat-jour est une lampe en papier rouge vif plié en accordéon, avec une espèce de plumeau en tissu où sont enchevêtrés quelques fils d'or. Au milieu de ce décor mandarin, d'autres objets occidentaux semblent perdus, comme ces livres sur l'étagère ou un sac à dos de collégien avachi au pied d'une chaise. La propriétaire des lieux babille gaiement, me présente des bibelots pour lesquels une histoire préside à leur existence. Elle va et vient d'un point à l'autre, dénichant ce qu'elle juge important de partager avec son hôte. Je me laisse envoûter par ses contes où l'insouciance est reine. De dessous son oreiller, elle extirpe un petit bout de bois qu'elle me tend.

— Et ça, c'est un ange du sommeil.

— Un ange du sommeil ?

Lentement, je fais tourner la chose vers la fenêtre et découvre que le bout de bois est sculpté. Pendant ce temps, Kimi m'explique :

— Il veille sur le repos de celui qui en possède un. Il permet non seulement de bien dormir, ce qui est important pour passer une bonne journée après, mais aussi apporte des idées créatrices, permet à l'esprit de voir comment résoudre des problèmes.

Une silhouette finement ciselée dans le bois apparaît sous mes doigts. Un homme potelé dort, un large sourire dessinant un croissant de lune sur son visage rond. Une amulette qui m'en rappelle une autre...

— C'est le mari de Ginette qui a créé ce dormeur pour toi ?

— Pas du tout. C'est maman qui en avait rapporté quelques-uns de son village, pliés dans un mouchoir. Ce sont de vrais porte-bonheur de Chine.

— Tu en aurais un pour moi ?

— Non, se désole Kimi. Chaque ange est unique et a reçu une sorte de bénédiction, là-bas. On n'en offre qu'à ceux qu'on aime, qu'on aime de façon différente. Ce n'est pas un cadeau entre amis. Ils sont précieux, tu comprends ?

Lentement, j'acquiesce. Dans ma tête, la fureur d'une tempête agite tous les éléments portés à ma connaissance. Collisions d'images et de propos. Je le sais, je le sens : tout est là. Le monde des adultes est souvent illisible aux yeux d'un enfant. Mais j'éprouve une sorte de vertige tandis que j'approche dangereusement d'un gouffre qu'on m'avait bien caché.

## *Adaptation de la cassette 24*

Assise sur le rebord de la fenêtre, le bol de thé entre les mains, je laisse mon regard errer dans le jardin qui doucement se réveille. Cette place que j'occupe me fait renouer avec la fillette qui jouait là avec ses poupées. J'aimais cet endroit de la cuisine, non seulement à cause de la lumière et du point de vue, mais aussi en raison des délices auxquels la cloison de verre me permettait de goûter. Lorsque le printemps frissonne, les rayons du soleil deviennent d'une tiédeur lénifiante juste derrière la vitre. À l'hiver, le simple vitrage n'offrait qu'une piètre isolation. Il n'était pas rare alors d'apercevoir de fines étoiles de glace tatouées sur la fenêtre. Postée sur le rebord, j'ai pu alors expérimenter trois possibilités. Tout d'abord, je devais avoir trois ou quatre ans, j'ai léché les cristaux artistiquement dessinés, pour me faire une idée du goût qu'ils avaient. Je me souviens surtout du froid de la vitre sur ma langue et de la réprimande que j'ai essuyée lorsque ma mère me surprit. Puis, à l'instar des croûtes sur mes genoux, j'ai gratté ces étoiles gelées, récoltant sous mes ongles des paillettes d'hiver... aussitôt mises à ma bouche, évidemment ! Enfin, plus grande, mais guère plus sensée, je soufflais dessus, lèvres arrondies, afin de les faire fondre. Je me rappelle mon étonnement de voir couler ensuite sur la fenêtre dépossédée des vestiges du froid ce que j'appelais alors « les larmes de l'hiver ».

Là, ce sont plutôt les derniers signes de la nuit que j'observe se dérober sous la lumière caressante de l'aurore. J'aime contempler la naissance d'un nouveau jour. Chaque matin se réveille en trois temps. C'est l'aube astronomique qui signe la fin de la nuit, lorsque les étoiles s'éteignent sans bruit. Puis l'aube nautique prend le relais, permettant de distinguer les ombres encore endormies. Enfin, l'aube civile précède l'aurore d'un court instant. C'est « l'heure argentée », ma préférée, celle qui cisaille la moindre silhouette piégée dans sa clarté.

Un duvet de brume se retire et rampe sur les frondaisons. Lentement, il se dirige vers les hauteurs pour s'y dissoudre avec délice et volupté. Dans le maillage troué d'un ciel bleu acier se découpent les prémices d'une journée ensoleillée.

Le sommeil se refusant à moi depuis le milieu de la nuit, je rumine les propos de mes voisines. L'intuition qu'un élément essentiel se terre au creux de nos échanges ne me quitte plus. Ginette et sa défiance. Maïa et sa maternité naissante. Victor et sa gourmandise. Ma mère et la fiole d'arsenic. Et, comme se détachant des pétales d'une fleur généreuse, le visage de Kimi danse devant mes yeux fatigués. Elle sourit, son regard métissé brûlant comme des pierres rares. Et dans chaque pupille se mire le petit ange gardien de nos rêves.

Voilà ce qui m'a réveillée au milieu de la nuit. Ce qui m'a ravi le sommeil et la nécessité physiologique d'avaler un morceau. Je jeûne depuis la tarte au citron. Plus rien ne passe depuis.

Il n'y a que les célibataires pour comprendre que, parfois, se faire à manger relève d'un exploit. C'est un défi quotidien que de préparer un mets que l'on ne partagera pas, une contrainte nécessaire que d'ingurgiter de façon mécanique de la nourriture sans apprêt. À la longue, l'exercice devient rédhibitoire et coupe même l'appétit. Combien de fois chez moi à Toulouse ai-je fini par capituler pour engloutir mon assiette devant la télévision allumée ?

De toute manière, ce matin, le cœur n'y est pas. J'ai besoin de silence.

Je creuse et j'en arrive à la conclusion que non, mon père ne badinait pas avec Magda. Sa relation extraconjugale, il la vivait avec la seule autre femme d'ici dont le prénom commence par un *M* et comporte deux *a* : Maïa. Voilà l'identité de celle qui n'apparaissait pas clairement sur les pages arrachées de son carnet.

Maïa avait offert à mon père ce qui est réservé à *ceux qu'on aime de façon différente* : un ange du sommeil, le bout de bois sculpté trouvé dans le tiroir de sa table de nuit. Je l'avais jeté au feu, avec le carnet, quand j'avais procédé au réaménagement de la maison.

Qui parlait d'un petit vélo qu'on a dans la tête et qui pédale, pédale, pendant qu'on se creuse les méninges ? Cette image me renvoie de nombreuses années en arrière. Ce fut dans notre quartier de Toulouse que mon père m'apprit à faire du vélo sans les stabilisateurs. Âgée peut-être de quatre ans, je me souviens de son corps plié pour maintenir le guidon et m'assurer l'équilibre en fermant une main sur la selle. Qu'est-ce que je tremblais ! À la fois d'excitation et d'effroi. « Ne me lâche pas ! Ne me lâche pas ! » répétais-je en appuyant sur les pédales contre mon gré. « Regarde droit devant toi ! » m'exhortait papa qui desserrait son poing sur le guidon. Contre ma tête, de temps à autre, son épaule cognait, me déstabilisant dans cet exercice périlleux. Essoufflé, mon père arrêtait parfois le vélo et je posais maladroitement un pied à terre, rassurée de sentir le plancher des vaches, mais appréhendant la volonté invincible de mon père. « Allez, on recommence », signalait-il lorsque son pouls se calmait un peu. Et voilà qu'il me poussait de nouveau, et que, vaillante, je pédalais. Je ne voulais pas le décevoir, mon papa. Je voulais qu'il soit fier de moi et qu'on m'admire, autant que je vénérais Liza. Sa main quittait fréquemment le guidon, pour me laisser diriger mon engin à l'équilibre improbable. Il s'écartait légèrement, pour ne pas gêner ma trajectoire. Focalisée sur cette dernière, je filais en cahotant, serrant les lèvres sous l'effort. Je fis même attention à la courbe du virage que la piste dessinait entre les arbres, prenant garde de ne pas faire déraper les roues sur le sournois gravier. L'air soulevait mes cheveux, à moins que ce ne fût la peur. Les joues rosies par la concentration démesurée, je commençais à prendre de l'assurance et à éprouver la satisfaction d'un mouvement fluide et presque naturel. Ce fut alors là que j'aperçus mon père, devant moi sur le sentier, me faisant un signe de la main. Tout sourire, il m'attendait, ayant subrepticement démissionné de son rôle. Une fois le tour du bosquet effectué, je mesurais alors l'étape que je venais de franchir et lui rendis son sourire. Toutefois, le freinage me surprit. Tellement habituée à la présence des stabilisateurs, je n'anticipai pas de poser mes pieds de part et d'autre pour conserver la position verticale. Le vélo et moi basculâmes. Fermant les yeux, déjà je sentais le piquant des cailloux arracher ma peau dans un incendie de douleur, s'incruster dans ma chair avec une perfidie vengeresse. Les paupières closes, je ne perçus aucune souffrance : mon père m'avait cueillie dans ses bras.

Mon père. Sa double vie.

Finette ne m'avait-elle pas avertie que des indices avaient certainement été semés malgré toutes les précautions que mon père avait dû prendre ? Ma mère, rien ne lui échappait. Je suis à présent persuadée qu'elle se doutait de quelque chose. Et plutôt que d'attendre ou de subir, elle préféra agir.

Son plan, je le conçois sans difficulté. D'abord, trouver une excuse pour obtenir le nom d'un poison, pas trop puissant, mais assez pour donner une bonne leçon. En enquêtant auprès d'Anselme sur le meilleur moyen de se débarrasser de taupes, elle posa les jalons de son forfait. Par chance, le sculpteur amateur lui procura même un flacon avec juste ce qu'il fallait pour éradiquer les vilaines bestioles en question. Ma mère chercha alors une ruse fiable afin de faire ingurgiter la toxine. Se rappelant la faiblesse de Maïa pour le chocolat, elle confectionna la génoise qui servit d'abri à la mort-aux-rats. Après tout, son mari étant en voyage d'affaires, Maïa seule allait pouvoir se régaler de la gourmandise. Ensuite, un simple échange verbal entre les femmes aurait remis les pendules à l'heure. Je l'imagine sans peine.

Ma mère : « Alors, mon gâteau ? Tu l'as aimé ? »

Maïa : « Oui, il était très bon. Et tu connais mon penchant pour le chocolat. »

Ma mère : « Tu l'as vraiment mangé, en entier ? »

Maïa : « Tout à fait. J'en ai même eu mal au ventre pendant une semaine. »

Ma mère : « Mal au ventre ? Genre, très mal ? »

Maïa : « Oh oui, je peux te l'avouer à présent, j'ai cru que j'allais mourir tellement je souffrais. »

Ma mère : « Eh bien, c'est bien fait pour toi ! »

Maïa : « Co... ? Quoi ? Je ne comprends pas. »

Ma mère : « Je suis au courant de tes galipettes avec mon mari. Alors ce gâteau, c'est mon avertissement : touche plus à mon homme, sinon, ce ne sera pas au ventre que t'auras mal la prochaine fois. »

Ce n'était pas une chimiste, tant s'en faut. Quelle quantité pour faire comprendre à la Chinoise qu'elle n'aurait pas son mari ? Une cuillère à café ? Une cuillère à soupe ? Une tasse ? Un bol ? Bien entendu, elle versa trop de liquide nocif dans sa pâte, rendant le gâteau létal.

Ce gâteau qui sentait si bon le matin de notre départ. Il suffit de le déposer encore chaud en fin de matinée chez Maïa, la Blanche-Neige du hameau. Victor ne rentra de son déplacement que trois ou quatre jours plus tard. La gâterie l'attendait sur un coin de buffet, recouverte d'un torchon.

Seul Victor engloutit le mets sans le partager, en une journée, Maïa étant si nauséeuse que ses goûts avaient radicalement changé. Peut-être même en emporta-t-il avec lui quand il partit se promener ce jour-là, ingérant l'arme du crime. Crime dont il fut la victime fortuite. Il devait errer dans les montagnes de son enfance lorsque les premières douleurs abdominales l'ont saisi. Peut-être aussi les premiers vomissements. Afin de regagner son foyer au plus vite et trouver de l'aide, au lieu de suivre le chemin qui effectue quelques détours, il préféra couper à travers la forêt. Cependant, ce fut au milieu des aubépines qu'il s'effondra, terrassé par le poison mortel. Autour de lui, la végétation s'est refermée, les buissons sont devenus des arbres et les fougères ont colonisé le sous-bois. Il fallut le souvenir d'une source quelques mètres plus bas dans la pente conjugué à la curiosité d'un chien de chasse sur la trace d'un gibier pour qu'on le retrouvât des années après.

Ce scénario me paraît le seul plausible. Cela m'effraie. Le sang battant mes tempes, j'ai la sensation que la tête me tourne. Un spasme s'empare de mon estomac. Sans perdre une minute, je me précipite vers les toilettes et me penche sur la cuvette. Je n'ai rien ingéré, que du miel au fond de mon bol de thé. Pourtant, je me mets à vomir à plusieurs reprises, comme si j'avais goûté au gâteau empoisonné. Comme si le maelström ravageant mes neurones était devenu organique.

La bile attaque aussi mes larmes. Les paupières rougies et irritées, je finis avec un gant de toilette sur le visage.

Une fois les spasmes calmés, je déambule dans la maison. Je traîne une odeur de vomi. Une odeur de mort.

Comme un soldat en permission, je sens la morsure d'une plaie invisible, l'impossible convalescence.

*Début de la cassette 25*

*En fait, c'est pire que ce que j'imaginais. Le gâteau, le poison, l'infidélité de mon père, tout ça, c'est que dalle. [...]*

*Il y a le reste. Tout le reste que... qui... Rien que d'y penser, j'ai envie de dégobiller. Il y a une limite à ce que je peux supporter. [...]*

* *
*

*Adaptation de la cassette 25*

Lentement, la lumière décline. En chassant le jour, la nuit réveille des fragrances oubliées. L'herbe coupée et la terre fraîchement mouillée combinent leurs haleines dans un étrange mélange apaisant. Je me rappelle que, dans ce même jardin, c'était un privilège lorsque mon père m'autorisait à arroser les plants du potager. Enthousiaste, je courais vers lui, mon petit arrosoir au bout du bras, afin qu'il le remplît en y plongeant l'embout du tuyau d'eau. Plus grande, je pus brandir le tuyau sur l'ensemble des cultures. Je crois surtout que cette autorisation suprême permettait à mon père de s'éclipser et passer plus de temps auprès de Maïa.

Un peu comme lui à l'époque, je me retrouve là, posée sur le vieux banc en fin de journée. Avec sa coupole de feuillage odorant, le frêne chuchote et soupire au gré de la brise. Face à moi, la montagne veille tandis que la vallée commence à s'assoupir. Comme mon père, j'observe l'œuvre de mes mains. Je regarde les salades pousser. Je guette la moindre tache sur les pieds de tomates. Comme lui, j'éprouve le besoin de mesurer le chemin parcouru et d'en apprécier l'effet visuel. Il me semble que les mères font de même, en contemplant leur nouveau-né pendant qu'il dort : béates de tendresse, elles s'étonnent encore du chef-d'œuvre, se repaissent inlassablement de l'ange assoupi et considèrent que sa présence au creux du berceau tient du miracle.

Les jours raccourcissent sensiblement en cette fin d'août. Peu à peu, le crépuscule rogne la luminosité, invitant toujours plus tôt la fraîcheur à déployer son voile d'opaline. Parfois, je surprends une bergeronnette s'introduire dans le feuillage des sureaux, y trouvant certainement là un abri pour la nuit. Dans le lointain, le tintement des cloches suspendues aux cous des vaches ponctue le bruissement du torrent. Fermant les yeux, je savoure cette sérénité éphémère, l'indolence après la tempête. À l'instar de Finette, je perçois alors le souffle d'un vent léger froissant les buissons. Une senteur d'aiguilles de sapin me parvient tandis que quelques mèches de mes cheveux chatouillent le bout de mon nez. Mon odorat soudain aiguisé capte l'odeur âcre d'un feu de broussailles ou d'un écobuage hasardeux. Lentement, je me déchausse et la plante de mes pieds s'incruste dans l'herbe grasse. En fouillant un peu, mes orteils caressent la terre sèche entre les brins. Montent alors jusqu'à moi des arômes de sève et de poussière.

Je fais provision de ce coin d'enfance. Pour me rappeler l'insouciance d'alors.

Rien que l'insouciance. Le paradis perdu.

Oui, perdu, égaré.

Bafoué, piétiné, anéanti.

Ne reste que désolation.

J'ai confronté Maïa à mes découvertes tout à l'heure. Elle n'a pas cherché à nier quoi que ce soit. Une fois de plus, elle me cita un proverbe chinois : « L'ignorance est la nuit de l'esprit et une nuit sans lune ni étoiles. »

*Vraiment ? Banco, Maïa ! Je te prends au mot !* Sans le vouloir, j'endossai le rôle de ma mère face à la maîtresse de son mari. Car je voulus tout savoir. Depuis quand ils se voyaient en cachette. Comment et où avaient lieu leurs rencontres. Ce qu'ils avaient trouvé d'exceptionnel l'un chez l'autre. Si les sentiments étaient sincères ou si c'était juste pour le sexe, l'ego ou l'adrénaline. Sous le bombardement de mes questions soulignées par un ton que je ne me connaissais pas, Maïa m'a tout avoué. Elle me disait avoir aimé mon père, avec force. Cela me dégoûtait. Je la vomissais, elle et ses sentiments. Par sa faute, ma mère avait commis un crime. Je la vomissais, elle et son hameau. Avec Ginette qui la soutenait parce qu'elle ne pouvait souffrir son crétin de Victor.

La frimousse de Kimi s'invite dans ma boîte crânienne en fusion. Je la revois pleurer son père. Mais je n'éprouve plus aucune compassion pour elle.

Je les hais tous. Avec leurs petites vies de montagnards, leur hypocrisie de ruraux.

Je les hais.

Moi qui voulais tout simplement taire à tout jamais le tumulte qui fait dériver ma raison.

« Tu imagines les conséquences, hein ? » résonne encore dans ma tête, cette question de ma mère en forme de reproche hurlée avec colère dans l'habitacle juste avant l'impact, il y a douze ans. Une question adressée à qui ? Ma sœur ? Mon père ? Les deux ?

Ce soir, je suis entrée en collision avec mon passé. Et le choc fut brutal.

Je ne suis pas sûre de m'en sortir indemne cette fois.

Pas avec ce que je sais.

Lasse, j'attrape le cahier aux bords racornis qu'il me reste à lire et me dirige vers la maison. Je n'ai plus qu'à en verrouiller la porte et emporter ce dernier sac surmonté de la boîte en fer que Finette m'a donnée : je pense savoir ce que je vais y entreposer.

*Adaptation de la cassette 26*

Finalement, tout était arrivé sournoisement, sans faire de bruit.

Un peu comme ce paquet trouvé devant ma porte le jour de mon départ. Ce dernier jour.

Cette écriture, quand j'ouvris le paquet, je la découvrais pour la première fois. Je la trouvais même, comment dire, étrangère. En effet, il est parfois simple de déterminer la nationalité de celui qui a rédigé une note grâce aux caractéristiques de son graphisme. Chaque individu produit des lettres héritées de sa culture. Ainsi, pour un œil avisé, il est aisé d'identifier l'origine germanique de celui qui avait griffonné cet écrit à mon attention. Une note simplement pliée en deux et recouvrant un cahier abîmé. Le tout glissé dans une poche plastique et déposé sur mon pas-de-porte.

*Tess,*

*Quand j'ai trouvé trois cahiers dissimulés dans une cache du secrétaire de Lukas, mon cœur de mère espérait un dialogue avec mon fils disparu. Mais leur contenu a rallumé la haine que j'éprouve pour les tiens. Ta sœur qui a tué mon fils.*

*Tes parents qui ont toujours négligé mes inquiétudes face à ces amours adolescentes. Ils n'avaient pas la même vision de l'éducation que mon mari et moi. Souvent, quand je leur disais mes craintes, ils se moquaient de moi, singeaient un accent allemand pour conclure qu'on n'était pas sous une dictature nazie. Te rends-tu compte du mal qu'ils m'infligeaient alors ?*

*Sais-tu aussi que ta sœur a flirté avec chacun de mes fils ? Puis elle les a éconduits, sans réfléchir au mal qu'elle engendrait. Parce que c'était une allumeuse, vulgaire et dépravée.*

*Après les avoir lus, j'ai jeté les cahiers au feu. Mais, prise de remords, je les ai récupérés. Enfin, pas tout à fait. Seul celui qui était posé sur le dessus de la pile ne s'est pas consumé. Les deux autres ont brûlé. J'aimerais que tu lises ce cahier rescapé, pour te rendre compte par toi-même et comprendre pourquoi je ne veux plus jamais te revoir. Te savoir dans les parages, rôdant autour d'Erik, me procure bien des tourments.*

*J'espère qu'à l'aide de ce dernier témoignage tu entendras raison.*

*Magda*

*Erik*, avec un *k*. Même sur l'orthographe de son prénom, je me suis lourdement trompée.

Dans mon studio toulousain où j'ai la sensation d'entreprendre le recouvrement de mes forces dispersées en Bethmale, ce cahier d'un autre temps meuble le silence. Indécise, j'observe l'ouvrage gondolé et raide comme un mort entre mes mains. Il m'attire autant qu'il m'effraie. Ce que Lukas y consignait ne concernait que lui. Ai-je le droit d'y poser les yeux ?

Lorsque je l'ouvre, les pages craquent et dévoilent un blanc jaunâtre. Leurs arêtes brunies confèrent un aspect évoquant les parchemins.

En travers de la première page, je lis une déclaration qui donnera le ton au reste du cahier :

*Je t'aime, Liza, en abondance, et cette ressource est infinie.*

J'entends encore Éric réciter une ode composée par Lukas.

*Mon aimée, ma douce, ma mie,*
*De nuits sans lune en matins blêmes,*
*Sur ton corps offert comme un fruit*
*Mes lèvres tatouent des « je t'aime ».*

Alors, me rencognant sur l'oreiller, j'entreprends de lire le recueil imprimé des stigmates d'un cœur éploré.

Avec une alternance déconcertante, le carnet aux pages intimistes hésite sur la forme à donner à ses confessions. Tantôt un poème orne la feuille, tantôt s'étale un texte en prose. Parfois un simple mot est répété comme un mantra : Liza. Ce qui m'étonne, c'est que l'écriture soignée déferle sur la page d'une seule et même traite, sans rature. Comme si le contenu avait été dicté par l'évidence. Cependant, j'imagine Lukas hiérarchisant ses idées, une main sur son front, disséquant d'abord chaque phrase dans sa tête avant de l'immortaliser sur la page vierge. Conserver ainsi même sur son cahier l'image pure et sans tache de sa bien-aimée.

Lukas penché sur son bureau, au Castel. Je sais désormais que la chambre que je croyais appartenir à Éric – ne m'avait-il pas dit que c'était son *ancienne chambre ?* –, celle où je m'étais glissée lorsque je cherchais des vêtements secs après avoir été arrosée par Kimi, cette chambre était en fait celle de Lukas. Les frères avaient dû se les échanger dans leur enfance. Pourquoi ne pas me l'avoir présentée comme étant la chambre de Lukas, tout simplement ? Un reste de jalousie entre frères ? Un renoncement impossible ? Un deuil indicible ? Cela explique aussi le parfum qui m'était inconnu, les objets qui ne coïncidaient pas avec ses centres d'intérêt. J'avais cru voler un peu de l'intimité d'Éric, je m'étais déjà trompée. Depuis le début, je faisais fausse route. C'est avec un cahier en guise de boussole que je finis le chemin vers la connaissance.

Un acrostiche au milieu du carnet endommagé m'invite et ouvre une porte que je n'ose franchir :

*Lumière tel un phare dans la nuit*
*Incandescente à l'image d'un incendie*
*Zellige de faïence prodigieuse*
*Amour infini, ma déesse merveilleuse.*

Le sentiment obscur de violer un espace interdit m'empêche d'en lire davantage. Je referme vivement le carnet. Un soupir s'échappe des pages comprimées : l'odeur d'une crémation monte à mes narines.

Cendres d'un amour révolu.

Les mots élaborés avec sincérité sont voués à la destruction. Ils sont d'une beauté maladroite et touchante. Personne ne les lira. Ils retomberont dans l'oubli.

Si je leur octroie un dernier espace de vie, quel héritage me laisseront-ils ?

Avec un sens du timing comique, le voisin du dessus tire sa chasse d'eau. L'eau déferle dans le conduit qui longe le mur du fond. Comme un animal dérangé dans son sommeil, le tuyau râle et gémit. Cela ne dure jamais bien longtemps. Au-dessus de ma tête, le voisin s'applique à se laver les mains, ajoutant encore un peu de vie aux canalisations. Quelques secondes après claque la porte de la salle de bains, et le silence revient subitement.

Après avoir erré au plafond comme pour m'assurer que le voisin s'était couché, mes yeux glissent de nouveau vers mes mains. Sous mes doigts, la couverture du cahier se déploie telles les écailles d'un reptile. Une mue de serpent. Il paraît que certains reptiles consomment leur propre mue, afin de récupérer des éléments nutritifs.

Que vais-je gagner en consommant les écrits de Lukas, ce cahier rescapé d'une immolation ?

Surgie d'un cours d'histoire, l'image d'un immense tas de livres brûlés au lance-flammes me fait cligner des yeux.

Les livres. La connaissance.

Un raccourci approximatif mais qui finit de me ramener à l'objet sous mes paumes.

Soudain, j'acquiers la conviction que parcourir ces pages fera revivre Liza par procuration. J'en ai peut-être besoin pour finir mon deuil. Il y a, dans la survivance aux flammes de cet ouvrage, un dernier signe du destin. Afin de clore définitivement le chapitre qui précède l'accident, je succombe à l'appel de l'écrit venu d'un autre temps.

*Encore un jour où il me fut donné de te croiser. Rien que d'évoquer ton apparition soudaine franchissant la route, un soleil s'allume dans ma sombre chambre. Mon cœur s'anime en repensant à ce sourire que tu m'as accordé, à moi, l'ombre qui effleure ton ombre. Cette importance que tu m'as donnée à cet instant-là m'ôte le sommeil. Comment fermer l'œil quand on vient d'être irradié ?*

Je me surprends à trouver les mots d'une douceur bienfaisante. J'ai un peu l'impression qu'ils me sont adressés, surtout lorsque le prénom de ma sœur n'apparaît plus. Indubitablement, j'aurais aimé qu'on m'écrive une telle débauche de poésie pour exprimer tout l'amour que je suscite.

*Je deviens un vrai noctambule. Face à l'insomnie, ton image règne sans partage. Cette torture me comble d'un plaisir ambigu : ton absence me tourmente mais visualiser en boucle toutes tes apparitions me procure un bonheur infini. Alors je me lève et couche dans ce cahier tout l'amour que j'éprouve. Parce que je ne peux te le déclarer, afin qu'il ne me dévore et me rende fou, je le laisse éclater sur la page. Ce sentiment secret dilate ma poitrine à un point que je n'aurais jamais imaginé vivre un jour. En quelques rencontres, tu es devenue l'essence de ma vie.*

Dehors, le silence nocturne s'est refermé sur le quartier. Seule la rumeur du périphérique perce les volets clos. J'ai seulement laissé ma fenêtre ouverte, pour faire entrer un souffle d'air dans la touffeur de mon studio. Soudain, l'alarme d'une voiture perce la nuit. Des éclats de voix résonnent puis finissent par se perdre dans les ruelles obscures.

Envoûtée par le monologue aux accents épistolaires, je ne parviens pas à trouver le sommeil. Le singulier journal de Lukas me tient en haleine. Obscurément, j'acquiers l'intuition que quelque chose d'important se noue à cet instant même. En exhumant ce témoignage issu d'un monde révolu, j'accède à ce dont j'étais exclue. Piégée par le cahier gondolé, je perçois dès lors ces aveux sans filtre d'un ressenti intime. Par ricochet, ils éclairent un pan obscur de ma sœur.

Je tourne une page dont les arêtes craquent comme du biscuit ; des miettes charbonneuses constellent mon drap de lit. En avançant dans ma lecture, j'approche du brasier qui faillit engloutir les mots d'un sentimentalisme puéril et émouvant, d'une intensité rare.

*Plus rien de grave ne peut m'arriver.*
*La solitude appartient au passé.*

*Un doux miracle, un enchantement*
*Éblouissent mes sens, innocemment.*
*Je suis le guerrier, un dieu invincible,*
*Le pur, dont la constance incoercible*
*Fut gratifiée du cadeau que Liza*
*Par son langoureux baiser me donna.*

Voici donc le jour où Liza lui concéda enfin son Saint-Graal : elle l'embrassa, récompensant sa patiente attente dans l'ombre d'Éric.

*Il est un jour, il est une nuit.*
*Passent les heures, ronge l'ennui.*
*Sur ma langue je la goûte encor*
*L'onctuosité des lèvres d'or.*
*Fort empressé, j'attends déjà*
*Notre prochain baiser, ma Liza.*

Une fraction de seconde, j'éprouve de la compassion pour Éric.

Je me rends compte que j'ignore pourquoi il a été écarté par Liza.

Je me rends compte qu'il a dû avoir le cœur brisé. Et que j'ai piétiné ses sentiments quand il tentait de me séduire et que je n'ai rien vu venir. Son image lors du baiser apparaît subitement. Les épaules raides et l'espérance en apnée. Sa main encore fermée sur mon coude et la tête inclinée. Son visage décomposé quand il réalisa que la réciproque n'existait pas. Malgré la déconvenue, il conservait la mine grave et le regard fébrile, implorant.

Il s'en remettait à moi. Moi qui, dans la tempête de mon existence, avais perdu le sens de l'orientation.

Une brève étincelle s'allume dans ma poitrine. *Erik.*

Je bats des cils et l'éteins aussitôt, baissant les yeux vers le cahier.

Le fantôme de ma sœur hante chaque page. Encore vivante dans les vestiges de ce journal intime, elle habite chaque phrase, inspire chaque vers. Je sais que cette ultime ode me rapproche du jour de notre accident. Dès lors, chaque nuit, elle se faufilait par la fenêtre pour rejoindre son amour secret. Je suis en train de vivre les derniers moments d'insouciance de Liza lorsqu'elle sortait avec Lukas, peu de temps après sa rupture avec Éric. Insidieusement, j'espère trouver quelque part un indice. Lukas savait-il Liza enceinte de son frère ? À quel moment cela me sera-t-il révélé ?

Je tourne une nouvelle page, avec ce fol espoir de toucher du doigt le bout de ma quête. Lukas s'épanche toujours et encore sur l'amour immense qu'il éprouve envers Liza. Tour à tour, il érige un trône à sa déesse, souligne sa beauté, se consume en son absence. Puis vient cette page où tout semble basculer :

*Liza, ne vois-tu pas que tu me lapides ? Chaque fois que tu détournes le regard, que tu écartes ton chemin du mien, que tu me jettes à la figure ces reproches dont je ne saisis pas le sens, tu me tues à petit feu. Je ne comprends pas. Qu'ai-je fait de travers pour que tu choisisses de me faire souffrir à ce point ? T'ai-je blessée ? Pourquoi me refuses-tu un tête-à-tête ? Lors de tes venues au village, j'espère une explication qui ne vient pas, un dialogue que nous pourrions ouvrir pour dissiper ce qui cause ton changement d'attitude envers moi. Je t'en supplie, mon amour, ne me rejette pas. Je suis prêt à demander pardon pour la faute que j'ai pu commettre en toute ignorance. Je t'aime, je t'aime.*

En mon for intérieur, je sais pertinemment la cause de cette mutation : Liza se sait enceinte. Liza est en déroute.

Pas seulement.

Le paragraphe suivant me fait l'effet d'une douche glacée.

*J'ai beau fouiller ma mémoire, je ne vois pas le geste, la parole qui aurait pu t'offenser. Je repense à ta fuite, avant que tu choisisses de mettre fin à nos rencontres. Je repense à ce jour de printemps où le soleil n'osait pas brusquer les bourgeons. À ton départ imminent pour Toulouse. Et je crois avoir trouvé la raison de ton repli. Est-ce à cause de ton père qu'on a surpris dans le fenil ? Si c'est le cas, je peux entendre ta colère, le sentiment de trahison. Découvrir ton père culbutant la Chinoise, à l'endroit même où nous nous aimons en secret, constituait pour toi une scène d'une violence inouïe. Alors parle-moi, je t'en supplie : nous pouvons affronter cela ensemble. Dans mes bras, tu trouveras un refuge.*

Un haut-le-cœur m'électrise. Liza savait pour notre père et Maïa. C'est peut-être elle qui en a parlé à notre mère. Liza a-t-elle fait subir un interrogatoire à notre père ? A-t-elle usé d'un chantage abominable pour qu'il la soutienne dans sa grossesse et affronter notre mère ?

« Tu imagines les conséquences ? » hurlait ma mère dans la voiture avant que notre voiture s'encastre dans l'autre.

Oui, ma mère connaissait la vérité alors. L'adultère. La grossesse. Elle savait. Tout.

*Deux semaines sans toi et je plonge plus profondément encore dans l'horreur. Votre maison de Peyreloungo semble close, murée dans un silence qui te ressemble. Pourquoi ne me donnes-tu plus signe de vie ?*

Je tressaille : notre accident de voiture a eu lieu. Abandonnant ma lecture, j'appuie ma tête contre mon oreiller. Un souvenir prégnant prend possession de mon esprit. J'entends de nouveau le hurlement des pneus sur l'asphalte, le vacarme assourdissant de la collision, le gémissement sinistre de la tôle froissée, le craquement de cristal brisé du pare-brise. Comme si j'y étais, la tête me tourne car, en perdant le contrôle du véhicule, mon père m'avait arraché à la pesanteur. Les odeurs me reviennent avec précision, jetant mon cœur dans un puits froid et désolé que je croyais avoir comblé.

Jamais plus la maison ne respirera la succession des jours. Et, piégé entre ces murs épais, notre chat Cachou miaule de faim.

J'apprendrai l'abandon, le nomadisme, l'incertitude des lendemains. Parce que tout pouvait m'être dérobé en un claquement de doigts, j'acquis l'habitude d'éviter de m'impliquer de manière trop personnelle, de tenir le bonheur à distance. À force d'épaissir mon armure, le goût des joies simples m'est devenu étranger. Seules me restent les sensations de ma vie d'avant. Il suffit de réveiller une impression endormie pour que mes résistances éclatent et que ma forteresse invulnérable se délite. À ce titre, mon retour à Peyreloungo n'est qu'une succession de *strikes* dans mon jeu de quilles.

Écartant les rémanences de mon enfance, je baisse à nouveau les yeux sur l'épais recueil. À présent, je perçois que j'entame les pages sur lesquelles va s'étaler un désespoir sans nom : la dépression de Lukas. Comme pour souligner la tension croissante, l'odeur de feu de bois m'accueille dans les plis des dernières pages préservées du désastre.

*Liza,*
*Ton départ a ouvert une brèche*
*Et depuis mes veines s'assèchent.*
*Souffrir.*

*Une plaie suinte, béante ;*
*Mon âme saigne, purulente.*
*Pourrir.*
*Je n'ai plus goût à rien.*
*En moi la vie s'éteint.*
*Mourir.*

Je parviens à la dernière feuille à moitié brûlée. Les autres seront illisibles, l'écriture ayant été dévorée par les flammes. Il est presque 3 heures du matin et je ne sais si mes yeux larmoyants sont liés à la fatigue, à l'exercice entrepris en début de nuit, ou tout simplement à un flot d'émotions que je ne parviens pas à juguler. Seules quelques bribes de phrases demeurent intactes.

*... ne vaut plus la peine d'être vécue. Lentement, je... sans toi. Je me repais de m..., souvenirs cruels d'un bonheur à jamais... mon incompréhension nourrie de ton silence assassin... les derniers temps où nous nous sommes croisés. Une explication... Je t'attends. Notre premier baiser me laisse encore... L'exploration de nos corps dans le fenil de... et ce parfum si... de ta chevelure libérée. Reste intacte la sensation de ta peau sous la mienne lors... Te souviens-tu de notre première fois au... ? Jamais je n'aurais cru viv... Pui... les promesses susurrées... le don de nos insouciances consentantes... magie de l'amour charnel... et... int... soupirs sous la lune. Dès lors nous nous sommes appartenu, liés au plus intime de nos corps imbriqués san... éternité, je le sais. J'aspire tant à revivre ce doux moment... j'en crève de douleur. Car si...*

C'est fini. Comme on débranche un malade aux soins palliatifs, le flot des mots s'est brutalement tari sur une hypothèse inachevée. Au fil de ma lecture, mon pouls s'est franchement emballé. Afin d'être sûre de bien avoir compris, je relis la page saccagée et qui menace de s'effriter.

Aucun doute possible. Ce n'est pas une divagation de l'âme poète : Lukas évoque tout simplement une scène à l'érotisme prude. Chaque indice fait sens et finit par faire écho à un autre, s'emboîtant naturellement telles les pièces d'un puzzle.

Les accusations de Magda étaient bien fondées.

Liza, allumeuse.

Liza, coureuse de garçons.

Liza, marie-couche-toi-là.

Après avoir fricoté avec Éric, qui n'était sans doute pas le premier, ma sœur s'est offerte au frère de son ex sans plus attendre. La preuve s'étale sous mes yeux fatigués. Elle ne jouait pas qu'avec le cœur de ses conquêtes. Son adolescence n'a été qu'une série de roulettes russes. Je peine à comprendre les raisons de son comportement hasardeux. Et pourtant, à présent, des scènes enfouies remontent à la surface, des indices semés qu'enfant je ne relevais pas. Des bribes de conversations, des cachotteries dont j'étais exclue.

*Chut, pas devant Tess ! Tu imagines si elle répète ça ?*

Qui proférait ce genre de message dans le secret de la cuisine ? La cuisine de chez mes parents.

*[...] une erreur de jeunesse. Alors maintenant, tu tiens ta langue.*

Je ne me rappelle plus très bien la voix. Je crois reconnaître celle de bonne-maman. Ma grand-mère qui ne se cachait pas de préférer ma sœur.

Liza, Liza, Liza…
Je crois que je commence à comprendre.

Pendant peut-être un mois et demi, Liza rejette Lukas, sans lui fournir d'explication. Car elle réfléchit. Les changements hormonaux s'opèrent et déplacent son centre de gravité. Il lui faut affronter la colère des parents, la peine de mon père, la honte de ma mère, peut-être subir une décision qu'elle n'envisageait pas.

Peut-être conservait-elle ses distances pour réfléchir à la situation, décider de parler de sa grossesse à Lukas ou pas. Garder l'enfant ou pas.

Un dernier constat m'ébranle dans la faible lumière de ma lampe de chevet : avant incinération complète, le cahier me révèle ainsi qu'Éric n'est pas à l'origine de la grossesse de Liza.

Une sœur déchue. Un père adultère. Une mère criminelle.

Le sentiment d'impossible deuil m'étreint encore.

Le chaos que je croyais tenir en respect m'aspire.

Une nouvelle nuit sans rêve m'attend.

## *Extraits de la cassette 27*

*[…] Comment revenir au village et prétendre que j'y trouve un équilibre ? C'est du délire. Ce serait devenir bipolaire. Du style docteur Tess et Miss Lose. Ou quelque chose dans le genre. Je ne pourrais plus regarder chacun en face. […]*

*Je repense à Finette. Elle est parfois… décalée, cette nana. Mais elle avait raison à propos des fantômes : les miens n'ont pas cessé de hanter la maison pendant tout le temps où j'ai fouillé leur passé. Ils erraient, telles des ombres sur les murs de l'ancienne bergerie… glissant sur les pierres. C'est ça : des ombres sur les pierres. Ça ferait un joli titre de roman, si un jour je me mets à écrire. Il faut que je note ça quelque part… […]*

*Je les ai… démythifiés. Mais les morts, c'est comme des boulets : ils n'en seront pas moins lourds à traîner. Car… car jamais je n'aurai une bonne explication avec eux. Et ça craint méchamment, là. C'est comme s'ils…*

[Un téléphone sonne. La sonnerie s'obstine longuement. Quand le silence revient, Tess reprend son monologue, la voix enrouée.]

*Je… je crois que j'ai besoin de temps pour digérer. Oui, c'est ça : digérer. Car franchement, j'ai la nausée. En permanence. Et je ne suis pas enceinte, moi. […]*

*Quand je pense que l'enfant de Liza aurait l'âge de Kimi, ça me donne la gerbe.*

*Putain, tous ces trucs qu'on m'a cachés... J'étais gosse, d'accord. Peut-être qu'il s'en est fallu de peu pour qu'on me mette au courant. Du style : « Ah, au fait, Tess, ton papa et moi, on va divorcer. Il part s'installer avec Maïa. Où ça ? Ben, je sais pas, moi, je m'en fous, où il veut. De toute façon, l'appartement et la maison en Ariège, on les vend. C'est mieux pour acheter un logement chacun. Et Liza, figure-toi qu'elle attend un môme. Bon, on n'a pas encore décidé si elle allait le faire passer ou pas, mais là, ça urge, alors on va vite trancher. Mais t'inquiète : ce sont des problèmes d'adultes. » [...]*

*Je devine que notre famille était sur le bord du précipice.*

*Et c'est l'accident qui m'a sauvée.*

## *Postface*

Sur la dernière bande magnétique, un souffle continu prend le relais de la voix de Tess. C'est terminé, elle ne dira plus rien. Et pourtant, ses derniers mots résonnent encore. Je sens sa présence, tout près de moi.

La vie, ce n'est pas un roman où tout rentre dans l'ordre dans le dernier chapitre. Encore moins un conte de fées où la paix et l'abondance enrobent le royaume jusqu'à la fin des temps. En détricotant un écheveau dense de faux-semblants et de secrets bien gardés, Tess ne s'est pas débarrassée des spectres de ses parents et de sa sœur. Au contraire, elle les tractait encore, tels des chaluts d'une tonne chacun. Impossible de laisser dormir les morts et de se concentrer sur son présent.

Je voulus la rencontrer, cette survivante. J'ai tout d'abord tenté de retrouver le jeune brocanteur, sans succès : sur les vide-greniers, personne ne put me renseigner. Je dois admettre que la description physique était plus qu'approximative. Et le temps avait passé depuis l'achat de la boîte.

Je ne m'avouai pas vaincue pour si peu. Il me suffit de prendre ma voiture et de me diriger vers la vallée de Bethmale. Contempler le décor dans lequel Tess avait glané les événements racontés sur les cassettes. Dans ce petit coin reculé de l'Ariège profonde, le temps s'est comme arrêté. Une chance pour moi. Après toutes ces années, je m'autorisais à caresser l'espoir fou de croiser les pas de cette voix envoûtante.

Par une belle journée d'octobre comme la saison nous en réserve parfois, je traversais Castillon-en-Couserans. Dans la rue principale coulait un soleil doré comme le miel. J'avais même ouvert la vitre de ma voiture pour goûter la tiédeur du jour. Puis je bifurquai à gauche dès l'entrée dans Bordes-sur-Lez, en direction du col de la Core. Le paysage était de toute beauté, les forêts scintillant de leur parure automnale. Je crois que seuls ceux qui se promènent dans ces coins, ceux qui s'aventurent jusqu'au lac de Bethmale déposé comme un écrin dans son vallon, savent de quoi je parle. Ces endroits où le hêtre tient en respect les autres essences d'arbres, là où toute une palette de roux constelle la montagne. On dirait que les branches sont parées de milliers de pierres d'ambre et d'agate.

Après quelques lacets, je parvenais à Arrien-en-Bethmale, la façade de ses maisons tournées vers le soleil. La route continuait de grimper. J'approchais du but. Enfin les toits de Samortein puis d'Ayet apparurent, comme sortis d'une boîte de Pandore. La route départementale toise les deux villages siamois. On pourrait presque les ignorer si le clocher galbé de l'église ne se hissait majestueusement au détour d'un virage. Pour autant, impossible de trouver à me garer au sein même du village, en descendant la ruelle. Je dus me résoudre à laisser ma voiture sur le bas-côté de la départementale. Un parfum de feuilles sèches et d'écorce tiède épaississait l'air à cette altitude. Un instant, j'hésitai à emporter un sac pour rapporter des châtaignes.

Trouver la maison de Tess fut presque un jeu d'enfant. Je n'ai pas réussi à distinguer quel chemin montait vers cette bergerie transformée en habitation. En revanche, après un essai menant à une impasse, je dégottai le fameux gigantesque rocher plat qui avait donné son nom au raidillon. Ce dernier me mena tout droit vers la maison adossée contre le muret. Toutefois, la végétation abondante et desséchée qui paraissait momifier la bâtisse m'intima la prudence. De toute évidence, personne ne venait ici depuis fort longtemps. En m'approchant de la niche dans le mur, mes mains ne décelèrent que du vide : la clé avait dû être emportée, ce qui me rassura, en quelque sorte.

Après le jeu de piste pour trouver la maison de Tess, je tentai de deviner l'emplacement des pièces derrière les volets clos. Là, sans certitude, le séjour. Et au-dessus, incontestablement, la chambre des parents. Sur la droite, celle de Tess. Et sur l'autre pan de mur, la chambre de sa sœur, avec l'appentis en guise de pont entre la chambre et le jardin pour les sorties nocturnes. En contournant l'angle de la bâtisse, j'aperçus une ardoise fracassée au milieu des hautes herbes. Une urgence me saisit le cœur : Tess, votre maison a besoin de vous !

Au souvenir des mots dans les cassettes, je me dirigeai sans peine vers le hameau de Maïa. Le cœur battant, j'espérais faire connaissance avec la Chinoise qui fut l'amante du père de Tess. Peut-être même apercevoir Kimi, cette enfant pour laquelle j'éprouvais beaucoup de tendresse. Les seules personnes que je croisai profitaient de leur jardin en fleurs ouvert sur la vallée. De leur bouche, j'appris que la dénommée Ginette était décédée depuis un long moment. Devant sa maison, vendue à un couple d'Anglais, pas une seule statue en bois n'avait subsisté. Je ne sais ce qu'elles sont devenues. En revanche, je dus renoncer au rêve d'échanger avec Maïa ou Kimi. Au décès de sa mère, emportée par un cancer avant même d'atteindre l'âge de soixante ans, Kimi s'était séparée de cette maison où elle venait peu souvent depuis Tours, où elle résidait désormais. Les nouveaux propriétaires étaient donc ces gens qui m'avaient accueillie, sur le seuil de leur résidence secondaire.

D'espoir en désillusion, je commençais sérieusement à douter de mes compétences d'enquêtrice. Plus d'une bonne trentaine d'années séparaient le récit sur les cassettes de mes pérégrinations. Pas étonnant que mon entreprise fût stérile. Néanmoins, puisque j'avais fait le déplacement depuis Toulouse, autant le rentabiliser en explorant toutes les pistes à ma disposition. Ainsi, levant les yeux vers les hauteurs du village, j'aperçus le Castel, la demeure de la redoutable Magda. Les volets étaient ouverts, ce qui ne signifiait pas pour autant que j'y trouverais la mère d'Éric, ou d'Erik. Quel âge pouvait bien avoir l'Allemande à présent ? Pas loin de quatre-vingt-dix ans. Je devais me préparer à son absence et à être reçue par de parfaits étrangers.

Depuis le portillon, je pouvais distinguer un morceau de terrasse. À travers l'encombrant feuillage orangé d'une glycine dépassaient les jambes d'une vieille dame allongée sur un transat. Il me semble avoir poussé un cri de victoire. D'ailleurs, j'ai été entendue, car un homme s'avança vers moi. Sexagénaire, le crâne dégarni, le regard fatigué, mais les yeux clairs comme des lagons... Et un parfum de sève printanière collé à ses mouvements. Incontestablement, c'était lui.

La nature est injuste. Une femme vieillit plutôt mal, les rides ne seyant guère sur un visage délicat, les courbes effacées gommant la moindre parcelle de féminité sur une silhouette devenue androgyne. À l'inverse, les hommes se bonifient tel le bon vin. L'épaisseur des rides leur donne un charme fou, leur carrure solide rassure, et la sagesse acquise tranquillise.

Éric ne dérogeait pas à la règle. Même bien mûr, le fruit paraissait appétissant et comestible... Une fraction de seconde, je me demandai comment Tess avait fait pour lui résister.

Il ne m'invita pas à entrer. D'autant que je me présentai en évoquant celle qui l'avait fait douter de son engagement avec sa fiancée à l'époque. J'échangeai juste quelques mots avec lui, par-dessus le portillon, sous l'arche touffue de l'envahissante glycine.

On n'oublie jamais son premier amour, le plus pur, le plus dense. Parce qu'on acquiert l'intuition de ne pas être qu'au monde. Parce qu'il ouvre les portes d'un royaume lumineux. Un viatique vers l'infini. Chaque molécule du corps réclame sa piqûre de rappel, d'y goûter encore. S'en délecter sans réserve. Se laisser fondre dans l'étendue inépuisable de cette consécration. Communier avec l'éternité.

À mots couverts, je compris que son attrait pour Tess constituait une résurgence de celui pour sa sœur aînée. À l'époque du retour de Tess, alors qu'il était fiancé, la réapparition de la jeune fille avait fait chanceler ses certitudes. D'une voix lasse, il formula le regret de n'avoir pas su agir et choisir les mots pour changer le cours des choses. Me transperçant de son regard clair, il se justifia :

— J'ai cru retrouver les sentiments que j'éprouvais pour Liza au contact de Tess. Un peu comme si les deux sœurs se superposaient. Elles se ressemblaient tellement. Mais avec le temps, je me suis rendu compte que ce n'était pas si simple. Le retour de Tess n'avait pas fait que remuer le passé, réveiller la passion qui a coûté l'entente entre mon frère et moi. Être avec elle n'avait pas fait qu'apaiser le sentiment de culpabilité que je traîne depuis le suicide de mon frère. Non. C'était bien plus complexe encore.

Un instant, il se tut. J'étais fascinée par sa tirade. Fascinée par le son de sa voix timbrée, son corps qui soudain exprimait autre chose qu'une posture polie. À l'évocation de cet épisode passé, l'homme redevenait l'enfant survivant d'un drame, celui qui n'a plus le droit de décevoir son entourage au motif qu'il représente tout ce qui leur reste. Celui qui se sacrifie et qui n'a aucune raison de se plaindre de son sort. Éric se massa la nuque et se mordit la lèvre en perdant son regard quelque part sur le toit des maisons. Puis sa main descendit se loger dans la poche de son pantalon en lin. Un instant, il baissa les yeux, contempla les cailloux qu'il fit rouler de la pointe de sa chaussure. Dans un murmure, il finit son raisonnement :

— Tess, je l'aimais. Je l'aimais vraiment.

« Quel gâchis ! » pensai-je. Cela aurait été tellement plus beau, incroyablement romantique, si Éric et Tess avaient fini ensemble. Cependant, la jeune fille ne partageait pas ses sentiments. Trop engluée encore dans son désir de réparer ce que l'accident avait brisé. L'attrait qu'elle éprouvait pour Éric n'était pas une attirance charnelle. Juste un besoin. Pas de l'amour. Juste une nécessité.

Pour ma part, il demeurait une zone d'ombre que je souhaitais explorer et qui n'avait pas été racontée dans les cassettes : la raison de la rupture entre Liza et Éric. Je craignais de raviver une blessure et énonçai ma requête avec des mots choisis. Il fallait s'y attendre, l'homme garda le silence quelques secondes. Je crus même qu'il allait me demander de quitter les lieux quand il planta son regard dans le mien. Toutefois, dans ses yeux se lisait une désolation sans fond, une steppe infinie où se perd le moindre cri de détresse. Après une inspiration superficielle, Éric avoua simplement :

— Une querelle doublée d'un chantage.

Une dispute banale comme il en naît des milliers entre deux amants. Ils auraient pu dépasser cette histoire et revenir l'un vers l'autre pour poursuivre leur belle aventure. Mais c'était compter sans le tempérament de Liza.

— Une fête foraine s'était installée à Castillon pour une semaine. Liza avait follement envie d'y aller avec moi. Comme je venais d'obtenir mon permis, elle souhaitait que nous nous y rendions avec la voiture de ma mère. Liza me promettait même un *after*, si vous voyez ce que je veux dire. Évidemment, j'étais enthousiaste ! Bien qu'à l'époque je n'aie jamais conduit sur les routes de montagne, je me sentais prêt. Et la récompense d'une première nuit avec Liza dopait ma vanité. Lorsque je suis allé voir ma mère pour emprunter sa DS, elle a refusé net, et j'aurais dû m'y attendre. J'ai vainement essayé de la faire changer d'avis. L'argument était implacable : on ne laisse pas un jeune bouillant d'hormones descendre à Castillon, avec la responsabilité d'une autre vie dans l'habitacle. Quand j'ai annoncé ça à Liza, elle criait à l'injustice, au fascisme des parents autoritaires. Et même s'il s'agissait de ma mère, j'étais scandalisé moi aussi. Alors Liza a suggéré que nous partions à la fête en cachette. Et de nuit. Personnellement, même si j'étais dingue d'elle, je ne me voyais pas passer outre l'interdiction de ma mère, une femme que je craignais mais que je respectais parce qu'elle était droite. Liza m'a fait une scène d'une violence inouïe, une violence... dont je ne la pensais pas capable. Elle était à la limite de l'hystérie. Elle m'a traité de lâche, de minable. Et je vous passe les noms d'oiseaux qu'elle a proférés. Si au début je me suis défendu, j'ai vite été dépassé et je suis rentré au Castel comme un boxeur vaincu après un combat inégal. J'étais très mal après notre épouvantable dispute. Vraiment très mal. Car aucune ambiguïté possible : après une telle scène, entre Liza et moi, c'était fini. Je ne sortais plus, n'avais plus d'appétit. Et la veille du départ des forains, Liza a fini par y aller, à sa fête. Avec Lukas qui, lui, avait déjà sa propre voiture. Voilà comment j'ai perdu Liza.

L'envie de poser une main compatissante sur l'épaule de cet homme me démangeait terriblement. Mon geste eût été maladroit, mal interprété. Je préférai rester immobile et garder le silence. Laisser une porte ouverte sur de nouvelles paroles. Ces dernières ne vinrent pas. Le théâtre de désolation demeurait intact après toutes ces années.

Quand je demandai à Éric de pouvoir m'entretenir avec sa mère, il m'avoua qu'il préférait ne pas me laisser la voir, cette silhouette reposant sur le transat : le cœur fragile et la raison précaire, Magda mourait lentement. Paisiblement, enfin. Cependant, lors de notre court échange, j'appris qu'Éric divorça de sa femme moins d'un an après les noces : le fantôme de Tess errait sur le mariage et avait fini par détruire le moindre atome de confiance au sein du couple. Ce qui ébranla Magda, une nouvelle fois. Dès lors, elle s'éteignit petit à petit.

Je pris congé d'Éric avec la ferme intention de m'entretenir avec Finette, cette dernière habitant toujours la maison familiale. En elle, je plaçais tous mes espoirs de retrouver la trace de Tess. Sur le banc près de l'entrée, un vieil homme contemplait le jardin, les mains en appui sur le sommet d'un bâton. À mon approche, le chien à ses pieds aboya mollement. Le berger du village, un octogénaire à présent, ne dérogeait pas à cette habitude d'être flanqué d'un compagnon à quatre pattes. Méfiant, il me scruta le temps que je m'avance vers lui.

— *Basta !* intima-t-il à son chien pour le faire taire.

C'est à ce moment-là qu'apparut Finette, l'amie de Tess. Je me souvins de la comparaison de l'aveugle avec Isabelle Adjani et dus admettre que Tess avait un peu raison : malgré l'affaissement de l'ovale du visage et la chevelure poivre et sel, avec sa moue et la couleur de ses yeux, Finette rappelait vaguement la célèbre actrice de *L'Été meurtrier*. Sa coquetterie à l'œil gauche lui donnait un certain charme, d'autant qu'elle ne fixait pas les gens en face. Finette m'apporta une chaise et un verre d'eau fraîche.

C'est lorsque je mentionnai mon détour par la maison de Maïa que le vieux berger s'anima. Malgré sa bouche édentée qui rendait son articulation difficile, il ne cacha pas sa colère d'avoir vu la maison vendue. J'appris alors qu'il était l'unique cousin germain de Victor, le mari de Maïa. J'avais ensuite bien du mal à le suivre, avec ses histoires de succession et de querelles familiales. Dans ses propos, où se mêlaient un accent rocailleux et des expressions patoises, le tout souligné par le sifflement de l'air sur ses gencives nues, je percevais un fort sentiment de trahison. Pour autant, je ne comprenais pas ce qu'il cherchait à me dire.

— Cette maison, *per ma fe*, elle aurait dû rester dans la famille !

Finette, sa fille, l'enjoignait au calme. Mais il était lancé, le berger, remonté comme un jouet mécanique :

— J'ai été bien trop brave, *macarèl !* À la mort de la Chinoise, elle n'a pas perdu de temps pour tout vendre, la bâtarde !

Comme il tournait en boucle sur ce refrain, je finis par indiquer que traiter Kimi de bâtarde, ce n'était pas très gentil pour Victor.

— Parce que vous croyez que mon cousin en était le père ? Bouh ! On voit que vous n'êtes pas d'ici !

Finette prit le relais, posant une main douce mais ferme sur le bras de son père :

— Laisse, papa, je vais lui dire.

Alors, avec des mots choisis, Finette me déclara que son père lui avait révélé un dernier élément récemment, presque par accident : toutes ces années, le taiseux avait muselé une information capitale. Tout était sorti quand le vieil homme avait appris que Kimi avait vendu la maison de Maïa, sa mère, décédée quelques mois auparavant. Lui, l'Ariégeois de pure souche, pur produit des montagnes, le seul survivant d'une famille décimée, avait bien du mal à avaler la pilule : une étrangère récoltait l'argent d'une vente qui ne lui revenait pas. Car avec lui, elle n'avait aucun lien de parenté, Kimi, pas plus que sa mère exilée de Chine. Non, Kimi ne pouvait pas être la fille de son cousin. Et de ça, à l'époque, rares étaient les personnes au courant dans la famille, selon lui. Et encore moins au village.

Il est des situations honteuses qu'on ne répand pas. Surtout quand il s'agit d'honneur. Ce secret sciemment étouffé expliquait le comportement de Victor, fuyant son hameau autant que possible. Esquiver sa virilité entachée. Car contracter les oreillons à l'âge adulte, cela ne pardonne pas. Et dans le cas de Victor, la maladie l'avait privé à tout jamais de devenir père un jour.

*Kimi, aux yeux de porcelaine.*

— Mais alors, qui est le père de Kimi ? je demandai à l'aveugle dont le visage se ferma aussitôt.

D'ailleurs, à l'instant où je posai la question, la réponse fusa dans ma tête. N'avais-je pas écouté les cassettes ? N'avais-je pas eu, en écoutant Tess lire le cahier à moitié carbonisé de Lukas, la confirmation de la relation entre le père de Tess et Maïa ?

Finette ne me répondit pas. Elle laissa le silence entre nous s'emplir de la rumeur du torrent et du chant des derniers grillons.

De son amie de Peyreloungo, elle n'avait plus de nouvelles depuis des années. D'abord partie pour Toulouse où elle séjourna quelque temps, Tess mit ensuite le cap sur l'Angleterre. Le dernier coup de fil que Finette reçut de son amie datait de son quarantième anniversaire. À l'époque, Tess habitait dans le Dorset, comté de Thomas Hardy, l'auteur qui avait engendré son prénom.

Je ne peux ignorer l'intuition qui me taquine. Car certains fragments du discours enregistré sur les bandes magnétiques se télescopent : la passion de la mère de Tess pour les auteurs anglais ; un secret autour de la jeunesse de cette femme qui atteint sans doute Liza par ricochet.

Pour moi, Tess était sur une nouvelle piste. Elle n'avait pas renoncé.

Je ne sais si Tess séjourne toujours outre-Manche ou si elle est rentrée en France. Si vous, en lisant ce roman, reconnaissez le personnage, sachez que j'aimerais beaucoup entrer en contact avec elle.

Si vous, Tess, par un miraculeux hasard, vous lisez ces lignes, de grâce, acceptez de me rencontrer.

J'ai besoin de vous parler.

Et j'ai l'impression que vous ne m'avez pas tout dit.

*Remerciements*

Merci à Aline, Djalla et Muriel, mes premières lectrices. Leurs avis m'ont permis d'améliorer le texte initial et m'ont encouragée à poursuivre l'aventure.

Merci à Alexandra pour son accompagnement efficace ainsi qu'à toute l'équipe des éditions De Borée.

Vous pouvez suivre l'actualité littéraire de l'auteure
sur Facebook « Claire Michaud-Destriau »
ou sur son blog
www.claire-michaud-destriau.blogspot.fr.

deboree.com

livres@centrefrance.com

Imprimé en France par La Source d'Or en juin 2022
Numéro d'impression : 206447
Dépôt légal : avril 2022
ISBN : 978-2-8129-2762-1
ISSN : 1769-1788